021
REKI KAWAHARA abec bee-pee
SWORD ART ONLINE
unital ring
SAO SWORD ART ONLINE

「桐人，那……那是……！」
亞絲娜 §
桐人的戀人。
在「ALO」裡是水精靈族的
魔法師兼細劍使。
會吧，難道又要重來了嗎——」
桐人 §
主導「SAO」的攻略，
為「Underworld」帶來和平的少年。
在「ALO」是守衛精靈族的魔法劍士。

「……那不是晚霞……！」
愛麗絲 §
「Underworld」的整合騎士，
同時也是世界上第一個真正的泛用人工智慧。
在「ALO」內選擇了能成為「龍騎士」的貓妖族。

伊賽魯瑪
§ NPC的女戰士，所說的語言與玩家不同。
「巴辛族」野營地的領袖。

「難道是
活動戰鬥嗎？」
莉茲貝特
在「SAO」「ALO」這兩個世界裡
鍛造出桐人手中長劍的少女。
身為小矮妖族的她在「ALO」內
經營武器店。
「——HP減少三成，不對，兩成的話
就立刻投降吧。」
西莉卡
在「SAO」內被桐人所救的少女。
「ALO」內是擅長馴獸的貓妖族。
「請加油喔！」
結衣
原本是「SAO」的
心理諮商程式。
目前是世界最頂尖的
Top-down型AI。

「謝謝妳，結衣。再來就交給我吧。」

「『音速衝擊』──！」

包裹在謎團之中的開放世界生存遊戲「Unital ring」。只能從融合前的遊戲中繼承使用時間最長的兩個裝備品，以及一個熟練度最高的技能還有裝備中的防具。除此之外——能力值與所持物品將全部重置。

系統上追加了「ALO」中不存在的「等級」，以及表示口渴度的TP與空腹度的SP等新要素。玩家將面臨TP、SP歸零時HP就會開始減少的嚴苛生存條件。

插畫／川原 礫

SAO SWORD ART ONLINE

「這雖然是遊戲，
但可不是鬧著玩的。」

——「SAO刀劍神域」設計者・茅場晶彥——

SWORD ART ONLINE
unital ring

reki kawahara

abec

bee-pee

021

log# 2026-9-15 21:44-21:45

>不論體驗多少次，都覺得像這樣跟變得比我年長許多的你談話是很不可思議的事。

>對於現在的你來說，時間根本像是不存在吧？只要硬體資源許可，不論要將思緒高密度化到什麼程度都沒問題吧。

>理論上是這樣，但實踐起來絕對不容易。因為現在國內的超級電腦幾乎都在「她」的監視之下。

>原來如此，這可真是諷刺。竟然被你隨手創造、遺棄的程式反過來擺了一道。

>不對，對我來說這是很值得高興的一件事。小小的種子在網路的角落發芽並且開枝散葉……只要想像它的未來，就感覺和物理身體一起失去的感情又復甦了。

＞就算不再是人類，個性還是這麼浪漫。那麼……你託付給我，不對，應該說是「他」的另一個種子，從該處萌芽的無數世界你又有什麼打算？只是觀察就滿足了？

＞「連結體」的未來已經託付給該世界的意志以及該處居民的選擇。只是毫無秩序地擴大，不久之後將會枯死……或者前往下一個「統一（unification）」階段，老實說我也不清楚。

＞統一嗎？恐怕連那個都……不對，接下來的想法不想留下記錄。我暫時也仿效你，靜靜地看著事情的發展吧。

1

我——桐谷和人是在二〇〇八年十月七日出生……好像啦。

今年明明已經是第十八次生日，還是有種事不關己的感覺，這或許是因為嬰兒時期親生父母就已經過世，而我完全不記得他們的緣故。

親生父親的名字是鳴坂行人。親生母親的名字則是鳴坂葵。也就是說，如果沒有發生奪走兩人生命，連我也跟著受到重傷的車禍，我應該會用鳴坂和人這個名字來過生活。自己也不太確定，那個時候角色名稱會不會從「桐人」變成「鳴人」。

說起來，我會對電腦有興趣完全是受到養育我的母親翠小姐的影響，由於年紀輕輕就變成無可救藥的網路遊戲玩家與得知自己是養子後對自我認同產生懷疑並非毫無關係，所以也有鳴坂和人在成長過程中完全不在意網路遊戲，結果沒被捲入ＳＡＯ事件的可能性。事到如今這完全是無謂的想像就是了。

總之就是因為這樣，自從十歲左右的我窺看了網路上的戶籍資料後，就變得不習慣過自己的生日了。到了國二這個最會鬧彆扭的時期，甚至還強硬地拒絕在家裡的慶生，把妹妹直葉給弄哭了。

當然現在已經深切地反省這種愚蠢的行為，為了彌補被囚禁在艾恩葛朗特內的兩年，去年生日時還大肆慶祝了一番，但我還是對於自己是十月七日出生這個無庸置疑的事實完全沒有真實感。這種感覺恐怕會持續到我把所有關於親生父母的事情全部弄清楚才會結束吧。

今年距離我的生日又只剩下十天了。十八歲已經是可以考汽車駕照與投票的年紀。直葉似乎已經開始進行派對的各種準備，同時也嚴格命令我當天一放學就要以最快的速度趕回家，而我自己也很期待當天的來到，不過目前還沒有多餘的心思去思考自己的生日。

這是因為我生日的一週前，也就是距離現在三天之後的九月三十日就是亞絲娜的生日。

「爸爸，決定要送媽媽什麼禮物了嗎？」

輕輕坐在馬克杯邊緣的小妖精這麼對我問道，我邊把身體靠到電腦椅的椅背邊回答：

「嗯～我還在考慮……」

結果稱呼我爸爸的妖精就以不像小孩子，比較像是姊姊的口氣回答：

「不論是要直接去商店還是網路購物，都到了不決定就來不及的時間了！我不希望又像去年那樣，變成當天午休才去取貨的超緊急行程！」

「我也不願意再經歷一次那種捏把冷汗的過程了，但真的很困難啊！亞絲娜都不會說想要些什麼……對了，結衣可不可以不著痕跡地幫我問出來啊？」

在ＳＡＯ裡遇見的人工智慧，同時也是我跟亞絲娜心愛女兒的結衣冷冷拒絕了我的要求。

「不能這樣作弊！只要是爸爸自己選的東西，媽媽一定都會感到高興喲！」

「嗯，是這樣沒錯啦～～……」

即使肯定對方，我還是忍不住拖長了語尾。

去年亞絲娜的生日時，我一直煩惱到了前一天才選擇了紅色圍巾送給她。因為亞絲娜上學路程單趟就長達九十分鐘，我便覺得寒冬時節應該會很辛苦，所以才做出這樣的選擇。而她也確實從十一月開始一直使用到二月，不過亞絲娜擁有的圍巾大概足以綁成一條大繩子來跳繩，其中應該也有強調耐寒性能的圍巾才對……當我注意到這一點時，嚴寒時節已經過去了。

因此今年才想不要再送實用品了，但如此一來身為ＶＲＭＭＯ廢人的我送禮知識實在不足。搜尋之後雖然出現一大堆「適合各年齡層的飾品品牌」這樣的網頁，但是感覺看這種東西來決定也不太對。

「唔唔～～嗯……」

用力伸了個懶腰後，我就把手朝著結衣所坐的馬克杯伸去。看著輕輕飛起來的小妖精坐到最近不太常用的平板螢幕框緣，同時一口喝光變涼的卡布奇諾。

以前要是不使用我在學校製造的「視聽覺雙向通信探測器（AVIC）」的話，就無法在現實世界跟結衣溝通，但是今年四月發售的可穿戴式數位資訊裝置「Augma」很輕鬆就破除了這道屏障。現在結衣能夠以３Ｄ投影將我視覺情報中的杯子與螢幕等位置、形狀即時投射出來，也可以自由自在地移動，不會穿透這些東西或者沉到桌面底下。結衣本人是說比較喜歡能夠按照自己意思來操縱攝影機的ＡＶＩＣ探測器，但只靠那個機器的話我聽不見結衣的聲音。光是像這樣能夠在現實世界看見心愛女兒的身影，就應該要感謝Augma這個有點問題的機器了吧。

一邊這麼想一邊伸出右手，結果結衣就再次張開翅膀飛到我的指尖。雖然感覺不到重量，但淡粉紅色洋裝光滑的手感與殘留的些微溫度，其真實度都直逼虛擬世界。我以左手手指撫摸移動到眼前的結衣頭部，同時將視線看向放在房間另一頭的床鋪。

白天剛曬好的棉被上放著頭罩式ＶＲ機器AmuSphere。這台使用時間超過一年半的機器外表開始變得老舊，首次看見時覺得洗鍊的外型，跟Augma比起來也有點俗氣，但是與擴增實境（AR）以及混合現實（MR）相比，我果然還是比較喜歡完全潛行。

「結衣，我會自己選亞絲娜的禮物啦。雖然會選……」

我把視線移回右手的妖精身上，開口表示：

「……在那之前，我可以再搜尋一下吧？這次我不用網購，打算自己去買，所以還有時間才對。」

應該是從我的話以及看向AmuSphere的動作就察覺言外之意了吧——以ＡＩ來說是相當驚人

的能力——結衣輕輕聳肩回答：

「真是拿爸爸沒辦法～那我在那裡等你喲！」

從指尖飛起來後像跳舞一樣轉了一圈，嬌小的身體就包裹在光粒之中消失了。我一從電腦椅上站起來，就把著裝在左耳上的Augma拔下。虛擬桌面立刻消失，我接著又把變寬廣的視界移向西側的窗戶。

今天是九月二十七日星期日。太陽在四天前才剛剛經過秋分點，不過卻有種日落變得很快的感覺。明明還只是下午四點，雲朵就染上漂亮的金色，底下可以看見歸巢的鳥群緩緩橫越它們。

感覺似乎突然看見一座貫穿晚霞的純白高塔，於是我便不停眨著眼睛。接著將右手貼在胸口，讓快要滿溢的各種回憶沉靜下來之後才坐到床上。把疊好的棉被當成坐墊躺到上面之後，就拿起AmuSphere來戴到頭上。

閉上眼睛，呢喃魔法的咒語。

「……開始連線。」

七彩光芒包裹我的意識，把我帶到遙遠的精靈鄉去。

2

守衛精靈的魔法劍士桐人降落的地點，是巡迴於阿爾普海姆天空的浮遊城——悄立於「新生艾恩葛朗特」第二十二層森林當中一座圓木屋的客廳。ALO的一天是十六小時，這邊似乎剛好也是傍晚時分，金色陽光從窗戶照射進來。

現在這間房子已經完全變成同伴們鬼混的場所，不過現在靜到了極點，感覺不到其他人的氣息。亞絲娜說過傍晚之前會跟家人出門，直葉也因為劍道社的練習而還沒回家，不過至少結衣會在這裡等我才對……心裡這麼想的我環視微暗的客廳，就發現視界右側的訊息圖示正在閃爍。寄件人是小矮妖族的鎚矛使——莉茲貝特。

一觸碰圖示，就有充滿貼圖的彩色小視窗打開來。

【在第四十五層和西莉卡提升技能喲，功課寫完後來幫忙吧！然後結衣我借走了。】

「…………原來如此。」

總之知道女兒不在的原因了。在ALO裡被分類為「導航妖精」的結衣具備高度的導航能力，能夠準確地傳達怪物的湧出位置與時機，所以定點狩獵時能提供相當大的助力。而且以前要是系統上擁有者的我登入後不呼喚她的名字就不會出現，但是最近只要是我的朋友上線她就能夠依自己的意思實體化。因為覺得很恐怖，所以我也沒有問理由。

不過以結衣的能力來說，其實要同時出現在兩個地方……甚至是數十個數百個地方都不是問題，但是她卻堅決不這麼做。茅場晶彥所設計的ＡＩ群都擁有這種強烈依存自我唯一性的性質，半年前的Ordinal Scale事件時接觸到的ＡＲ偶像「尤娜」，本體也因為隸屬事務所的複製運用而差點崩壞。

「那麼，現在該怎麼辦呢……」

我消除來自莉茲貝特的視窗，再次開口這麼呢喃。

我潛行到ＡＬＯ裡，就是為了不著痕跡地向莉茲與西莉卡打探亞絲娜喜歡的物品，但在狩獵的話就沒辦法打擾她們。這樣的話我乾脆就加入她們那邊——雖然很想這麼做，但是訊息裡面的一句「寫完功課後」在我的內心踩下了煞車。一份明天就要提交的資訊工程實驗短篇報告仍未完成。

當然不可能有無視回家作業這個選項，不過最近確實有些疏於提升技能熟練度。聽說已經開始計劃大規模的樓層魔王攻略戰，在那之前我必須恢復戰鬥的感覺才行。

ＡＬＯ是在去年五月讓新生艾恩葛朗特上線。當時只開放了第一層到第十層。九月的更新開放到第二十層，今年一月開放到第三十層，之後也定期進行更新，本月初則可以進入第五十層。但是營運企業ＹＭＩＲ似乎對這些精心設計的魔王怪物有了感情，每次更新之後樓層魔王就變得更加凶惡，到九月二十七日的現在最前線仍停留在第四十六層。

莉茲貝特揚言等第四十八層主街區琳達司「城市開拓」之後就要跟ＳＡＯ時代一樣入手附帶水車的店舖，艾基爾也宣布要再次於第五十層主街區阿爾格特開設雜貨店，但以目前的攻略速度來看下個月才會到達第四十八層，應該要到接近年末才能到達第五十層。為了報答在Underworld幫助過我的兩個人，我必須變得更強才行……！

——我以全身的意志力拉回隨著這種沸騰的決心而快要朝門口走去的右腳。再過十天就滿十八歲的人，實在不應該丟下報告直接跑去玩遊戲。實驗資料已經相當完整，給我一個小時應該就能完成報告了吧，我就帶著這種樂觀的預測坐到餐桌前面的椅子上。接著連結到自家的ＰＣ，從檔案夾裡叫出寫到一半的報告與大量的資料。亞絲娜從某個任務裡獲得了只要點一下就會隨機湧出九十九種口味茶水的魔法馬克杯，借來使用的我這時喝了一口薄荷巧克力風味的液體……

「好！目標是四十五分鐘！」

鼓勵完自己後就敲打起鍵盤。

我在至今為止的人生當中，即使是在重度網路遊戲廢人的時期，基本上都還是沒有忘記或者延遲繳交回家作業。最辛苦的是今年的暑假作業，這是因為我整整有一個月的時間，外表看起來都是持續著昏睡狀態。

我是在暑假尚未開始的六月底受到在艾恩葛朗特裡暗中活動的殺人公會「微笑棺木」成員，同時也是死槍事件犯人集團之一的強尼・布萊克襲擊，被注入名為Succinylcholine（琥珀膽鹼）的猛烈藥物而陷入心肺停止狀態。雖然好不容易保住一命，但醒過來時已經進入八月，之後經過漫長的復健期間，到了八月十六日才回到自己家裡。

也就是說大約四十天的暑假裡，我有百分之六十五的時間無法自由活動，作業當然也就持續累積下來，老實說我甚至覺得應該可以免除一半的作業才對，但如此一來就得跟學校說明昏睡的理由。

被隨機殺人魔襲擊而住院——到這裡都還能透露，但是遭到假救護車從那間醫院綁架出去，以直升機載到漂浮在遙遠南海上的海洋研究母船，然後連結到能夠登入人類靈魂的謎樣機器，在Underworld這個異世界砍伐巨大杉樹，然後就讀劍術學校、與世界支配者對戰，甚至在那個世界也陷入昏睡……又有誰會相信這些事情呢？

最後也只能靠朋友們的幫忙來努力解決它們。一想起兵荒馬亂悲鳴聲四起的暑假最後一週，寫著報告的我還是忍不住用怨恨的口氣自言自語了起來。

「……真是的，消失之前應該想辦法幫我免除作業吧……」

當然沒有能夠回答我的人。「森林之家」裡只有我一個人，而且說起來我抱怨的對象已經很久沒有出現在阿爾普海姆了。

水精靈族的魔法師克里斯海特「裡頭的人」，也就是總務省假想課的菊岡誠二郎，是在一個月前才從虛擬世界以及現實世界消失。

菊岡設立的偽裝企業「ＲＡＴＨ」交由神代凜子博士來指揮，而開發現場的比嘉健技術主任則展現了更勝以往的行動力，讓我對於Underworld的未來慢慢抱持著希望——即使如此，那個男人的消失還是讓我有種奇妙的失落感。

就連老是被迫進行一些麻煩、危險事情的我都有這種感覺了，ＲＡＴＨ的工作人員內心想必也消沉不已。這男人到最後都要給人添麻煩……先是出現這樣的想法，才又重新告訴自己他並非喪失了生命。

看起來是總務省的閒職公務員，實際上是陸上自衛隊二等陸佐的菊岡，以跟襲擊Ocean Turtle的美國軍事企業勾結的數名防衛省幹部同歸於盡的形式離開自衛隊並且消失無蹤。恐怕人已經不在日本了吧。

我也不知道今後還有沒有機會遇見那個男人。但是像這樣待在距離Underworld相當遙遠的另一個家裡寫著學校作業，就會有種連菊岡原本令人退避三舍的超臭食物話題都讓人感到懷念的感覺。

或許是想著這種不符合自己個性的事情所致吧——

我因此沒聽見應該在室內響起的登入聲。當「咯咯」的輕快腳步聲來到身後近處時才終於發現，於是好不容易快要完成報告的我便一邊把全息視窗推到桌子中央一邊回過頭。

「妳不是睡了嗎，亞……」

我在最後一刻停止說出「絲娜」兩個字。

站在背後的女性玩家並非有著藍色頭髮的水精靈，而是頭上有著三角耳朵的貓妖。但完全感覺不到該種族特有的親切氣息。

垂在背上的長髮是眩目的金色。肌膚宛如透明般雪白。眼珠是跟藍寶石一樣的湛藍。清澈的美貌與現實世界……不對，應該說Underworld的她十分相似。

「……哈……哈囉，愛麗絲，午安啊。」

我輕輕舉起右手來打完招呼，整合騎士愛麗絲．辛賽西斯．薩提就像要發出「哼」一聲般甩了一下微微朝向旁邊的貓耳並且開口說：

「看見不是亞絲娜，你好像覺得很遺憾呢，桐人。」

「沒……沒有啦沒有啦，完全沒這回事喔，真的。」

騎士以更加冰冷的視線注視著不停搖頭的我。

忍不住將視線往下移後，就注意到明明是這種時間，她藍色洋裝上還穿著黃金鎧甲，腰間也掛著黃金打造的長劍，可以說是全副武裝。

「咦……現在要去狩獵？」

一問之下，愛麗絲繃著臉的原因就稍微改變了。

「嗯，我跟莉茲貝特她們約好了。不過……我果然還是不習慣『狩獵』這個名詞。」

她拉開旁邊的椅子後，「喀鏘」一聲坐了上去。反射性站起身子的我，說了一句「啊，我去泡茶」就衝向廚房。我再拿出一個魔法馬克杯，然後從共通道具欄裡拉出一塊來歷不明的蛋糕放在托盤上後回到客廳。

結果愛麗絲就認真眺望著我依然放在桌上的報告視窗。注意到我後就抬起頭來問道：

「這是你就讀的學院提出的課題嗎？」

「咦……嗯，是啊。」

「這樣啊……——我在中央聖堂的修業時代，也做了一大堆神聖術的課題。」

如此呢喃著的臉上，滲出了些許懷念又酸楚的微笑。

愛麗絲是我認識的人裡面人生最為坎坷的人物。

出生在Underworld人界北邊的小小盧利特村裡，到十一歲之前都在該處過生活，但因為違反了禁忌目錄「不得入侵黑暗界」的條款，被整合騎士親自帶到公理教會的中央聖堂。

遭到最高司祭亞多米尼史特蕾達施以「合成祕儀」之後，喪失了所有記憶的愛麗絲成為最強整合騎士，阻擋在為了把她救回來而闖入中央聖堂的我以及尤吉歐面前。但是在戰鬥當中得知公理教會謊言與最高司祭殘酷手段的她，打破了控制思考的封印後與我們一起戰鬥，打倒了亞多米尼史特蕾達。

之後便離開教會移住到盧利特村附近的森林裡，照顧心神喪失的我長達半年，但接到與黑暗界的最後戰爭已經開始的通知後就參加戰爭。在「東大門」的戰役裡展現了戰神般的力量，但是最後卻遭到Ocean Turtle襲擊小隊男性隊長的綁架。不過在騎士長貝爾庫利賭上性命的奮鬥下得到解放，經由亞絲娜的引導從系統操縱臺登出，現在來到現實世界，以比嘉健開發的機械身軀作為肉體來過生活。

不論她本人是否願意，成為世界第一個真正泛用人工智慧的愛麗絲，為了協助神代博士提倡的賦予AI人權的運動而過著忙碌的生活，她似乎為了喘口氣而經常登入到ALO裡頭。應該與阿爾普海姆的風景遠比現實世界接近Underworld，待在這裡比較能冷靜下來的理由有關吧。

「我在修劍學院也做了許多神聖術的課題喲。我到現在都還記得式句呢。」

我把作業的視窗縮小到桌子角落，一面排著馬克杯與蛋糕的盤子一面這麼說，結果愛麗絲的貓耳就輕輕動了起來。

「哦？那麼以鋼素製造出中空的小球，再以水素製成的水盈滿內部，接著以熱素火焰包裹外側時的術式是？」

「唔咕……這……這個嘛，素因原則上是從安定的物體中產生，所以首先是Generate metallic……啊，不對，以鋼球包住水的話應該是水素先吧……？」

下一刻，愛麗絲就故意發出了盛大的嘆息聲，於是我就像個小孩子一樣反駁道：

「無……無所謂啦，到了我這種等級，根本就不需要術式了。這種事情，只要用心念就能立刻……」

「不是這個問題吧！」

像老師一樣罵完我之後，愛麗絲就以熟稔的手勢敲了一下馬克杯的邊緣，然後啜了一口湧出的淡粉紅色茶水。

「……今天的運氣很不錯。」

由於她這麼呢喃，我想她應該在這間房子裡跟亞絲娜她們舉行過好幾次茶會了吧。不知道為什麼在腦袋裡呢喃著「老天保佑老天保佑」的我也坐到椅子上，以食指觸碰自己的杯子。邊發出咕嘟咕嘟聲邊湧出的茶水是濃烈的紅紫色，在不祥預感籠罩下試喝了一口，就有把梅干用果汁機攪碎後再擠乾般的強烈酸味刺激著舌頭。急忙用手抓起蛋糕咬了一口，幸好這邊是極為正常的水果派。愛麗絲似乎也喜歡它的味道，默默地——當然是用叉子——吃了一兩口。

以特濃梅干茶沖走嘴裡的甜味之後，我便再次開口問道：

「對了……妳剛才不是說狩獵這個名詞怎麼樣了？」

「噢……對喔。」

點完頭後，愛麗絲的藍色眼睛就朝向窗外的黑暗。

「……對我來說，不對，恐怕是對全人界的人民來說，狩獵這種行為是一邊感謝提拉利亞神的恩惠，一邊獵取作為食物用的野獸。但是這個世界的人民，不對，是玩家們只是為了提升自身的權限值就殺害大量的野獸和魔物。我不會說這是件壞事，我自己也在東大門戰役裡殺害了數千、數百名黑暗領域的亞人……只不過，我不想把那樣的行為稱為『狩獵』。」

「……原來如此……」

這次換成我緩緩點頭。

愛麗絲已經理解這個阿爾普海姆是在現實世界內部製造出來的世界。但還是很難接受VRMMORPG……也就是「遊戲」這個概念。

也難怪她會這樣。因為以虛擬世界的定義來說，她的故鄉Underworld也完全是這樣的地方。對於愛麗絲而言，阿爾普海姆跟Underworld同樣是「世界之一」，無法輕易地共有包含我在內的全部VRMMO玩家所擁有的「虛構世界」觀念。

因此首次和愛麗絲一起從新生艾恩葛朗特降落到阿爾普海姆，在風精靈領土附近的「古森林」遇見火精靈的PK集團時就引起一陣很大的騷動。同行的西莉卡因為受到突襲而受傷，暴怒的愛麗絲以宛如惡鬼般的模樣痛罵對方，最後發展成受到強烈打擊的他們向西莉卡道歉並且留下賠償金後才離開這種前所未聞的情況。

知道ＡＬＯ的貓騎士「愛麗絲」是上個月舉行盛大記者會的人工智慧「ＡＬＩＣＥ」的玩家之間，似乎將這件事傳頌為「愛麗絲大人靠說教讓對手哭泣傳說」，總之我還是希望有一天愛麗絲能夠把ＡＬＯ當成遊戲來享受。

當我這麼想著並且吃完蛋糕，努力把茶喝到剩下三成左右時，就對著自視甚高的異世界騎士開口說道：

「……我也覺得ＶＲＭＭＯ使用的『狩獵』一詞已經偏離其原本的意思。但是，生活在現代日本的大部分人民，都沒有體驗過真正的狩獵……連我也是一樣。時代和地點不同，言語的意思也會有所變化。我想Underworld也會有同樣的情形吧……」

「………………」

在保持沉默的情況下仔細吃完最後一塊水果派的愛麗絲，又把茶喝光之後才回答：

「……現在的地底世界距離我所生活的時代確實已經有兩百年之久，不要說言語了，應該連文化都有很大的變化吧。不論有什麼樣的變化，我都必須接受……因為這些變化正是你守護了地底世界的證明。」

筆直地凝視著愛麗絲的我，不由得因為她的微笑而心跳加速，這時我反射性地搖著頭說：

「沒有啦……那不只是我的力量。亞絲娜、小直、詩乃……就連這個ＡＬＯ也有數千名玩家前去保護Underworld。」

「是這樣沒錯……想到這件事情，就覺得一個名詞的使用方式不過是件小事。」

點完頭後，愛麗絲再次看向窗外。但是她的眼睛不是望向針葉樹森林，而是遙遠的異世界。

遭到自衛隊封鎖在海上的Ocean Turtle裡面，作為Underworld「容器」的LightCube Cluster與Main Visualizer都還在運作當中，但是狀況相當不確定。

防衛省內的守舊派＝反ＲＡＴＨ勢力，在菊岡捨身的奮鬥之下暫時失去了力量，所以目前尚未出現立刻廢棄Underworld這樣的風向。但實在無法掌握權力鬥爭會有什麼樣的結果。

我和亞絲娜以及愛麗絲是在八月十八日早晨從六本木的ＲＡＴＨ分公司潛入Underworld。由於不是出現在地上而是在宇宙空間，所以慌了手腳，結果在該處遇見的兩名少女整合騎士，不對，是整合機士讓我們坐上她們駕駛的「機龍」。好不容易才回到過去的人界。

但是我非常猶豫該不該突然就闖入中央聖堂。因為兩百年之間不知道什麼原因，我和亞絲娜變成Underworld的「星王」與「星王妃」，而且似乎已經在三十年前死亡了。這樣的人突然說著「哈囉～」並且突然出現的話，不難想像中央聖堂，不對，應該說整個世界都會產生巨大的混亂吧。

於是我們三個人就先讓名為羅蘭涅的少女機士帶我們到她位於聖托利亞市街區的家中。我們就在屋齡四百年以上，不知道為什麼讓人感到懷念的房子裡聽著兩名機士訴說Underworld的現狀，而且順便叨擾了一頓飯。

潛行之前，凜子博士表示「經過五個小時就強制進行覺醒」，在醒過來之前和兩名機士約定好會再次跟她們見面後我們就登出Underworld。

老實說很想立刻再次潛入，但是凜子博士與比嘉先生表示「在詳細檢討我們帶回去的情報，評估我們會給現在的Underworld帶來什麼樣的影響前都不准潛行！」。

我可以了解大人們為何會變得如此謹慎。究竟是什麼人傳達可以讓愛麗絲連線到Underworld的ＩＰ位置——先不管隱約猜測到是誰——還尚未弄清楚，今後關於Underworld的方針絕對會對LightCube Cluster保全計畫與ＡＩ人權問題的發展產生很大的影響。

幸好現在的Underworld是以現實比一倍，也就是等速在運作。所以不會像過去那樣登出一次內部就已經過了許多年，但現在已經過了一個月。羅蘭涅與絲緹卡應該感到很焦急吧，我也很想再與她們見面，這次要好好問問她們兩個人的事情。這是因為，那兩個人應該是——……

「……人。桐人，你在聽嗎？」

手肘附近被貓耳騎士戳了一下，我便開始眨起眼睛。

「啊……嗯，抱歉。我在想Underworld的事情……」

一道完歉，原本進入斥責模式的愛麗絲臉色頓時和緩。

「這樣啊。我一天裡面也會想好幾次。」

「嗯……希望能快點回去。」

「是啊。」

點頭的愛麗絲發出了苦澀的嘆息聲。

愛麗絲所感覺到的鄉愁，程度絕非我能比擬。而且她還有兩個具體目標。

第一個是再次孵化、培育在跟加百列．米勒進行最後決戰前，我將其變回蛋的愛龍「雨緣」，以及她的哥哥「瀧刳」。

另一個，則是讓在中央聖堂第八十樓，以Deep freeze狀態沉睡的妹妹賽魯卡．滋貝魯庫醒過來——

兩件事情都不容易，尤其後者更是困難。因為需要讓現在的人界政府接受自己是兩百年前消失的傳說整合騎士愛麗絲．辛賽西斯．薩提。

但是，愛麗絲的話一定能夠完成，當然我也會全力幫忙。因為我自己也很期待能再次跟賽魯卡碰面。

愛麗絲的聲音把我快要再次回到那個世界的思考拉回來。

「話說回來，桐人。神代博士要我帶話給你。」

「咦……帶話給我？寄電子郵件不就可以了。」

「好像是說不想把情報留在網路上。」

一聽她這麼說，我就繃起臉來。

ＲＡＴＨ使用的線路應該經過高度的安全防護才對。但是她不但不發電子郵件，甚至不使用聲音通話，只用不會留下記錄的ＡＬＯ內對話來傳達，想必是相當重要的訊息吧。

愛麗絲以清晰的聲音對著不由得緊張起來的我宣告：

「二十九日，十五點。高級蛋糕店。」

「……………啥？」

「只有這些內容。」

「………………」

二十九日指的應該是後天吧。十五點是下午三點。這些資訊相當清楚。

但是高級蛋糕店是怎麼回事？東京有一大堆這種店，連在我生活的埼玉縣川越市附近也可以找到一兩家才對。

一瞬間很想傳電子郵件跟神代博士確認，但隨即又放下抬起的右手。我要是在這時候聯絡博士，她的努力就白費了。

當我左右交互歪著頭時，愛麗絲就用難以形容的羨慕表情說：

「現實世界存在種類難以數計的蛋糕吧。很多都是在聖托利亞不曾吃過的口味，光看照片肚子就開始餓了。」

「呃……嗯，是啊……但我也很喜歡能在央都買到的甜點。像蜂蜜派之類的，三枚十席亞銅幣就能買一大袋……」

「這邊的蛋糕很貴嗎？」

「嗯，感覺上一席亞大概是十圓左右，如果是高級一點的甜點店賣的蛋糕，這個嘛……一個大概是四十席亞左右吧。」

「那……那真的很貴……」

我咧嘴對瞪大眼睛的愛麗絲露出笑容。

「還有更貴的呢。之前在銀座吃的蛋糕，一個要一百六十席亞……」

說到這裡，我才終於注意到。

神代博士不可能用那種自大的暗號。也就是說「高級蛋糕店」這個訊息對於博士來說也是傳言。然後與RATH相關的人裡面，我只認識一個會想出這種訊息的人。

看見我垂下肩膀並深深嘆了口氣，愛麗絲就微微歪著頭說：

「怎麼了嗎，桐人？」

「沒有啦……沒什麼，我知道剛才的話是什麼意思了。謝謝妳幫忙帶話，愛麗絲。」

「這只是小事……雖然很想這麼說……」

黃金騎士像是想起什麼事情般不停動著貓耳，然後露出些許淘氣的笑容說：

「那麼，你就陪我修練吧。」

「咦？噢，提升熟練度嗎……」

自視甚高的騎士愛麗絲只因為一個理由而選擇了帶有貓耳與貓尾的貓妖族。因為這個種族最容易成為操縱飛龍的「龍騎士」。

只不過這也不是一件簡單的事情。想要乘坐飛龍，劍或者槍的技能以及馴獸技能都必須相當高才行。要同時鍛鍊兩種技能，就只能不斷戰鬥以ＰＩ（熟練度上升）觸發器來提升武器技能的同時，再把賺來的ＳＰ（Skill point）灌到馴獸技能上。

稍微考慮了一下後，我就把留在桌子角落的回家作業視窗恢復成原來的大小。

「那妳等我三十分鐘。等我結束這個就和莉茲她們會合，一起賺取ＳＰ……」

但是一道輕快的「咻嗡」效果音蓋過我說的話。

那是玩家登入的聲音。然後除了我之外可以直接出現在這間圓木屋裡的，就只有一個人而已——

我以超高速連同椅子轉過身去，接著愛麗絲也以順暢的動作旋轉身體。幾乎是在同一時間，門口就有一名纖細的虛擬角色實體化。

對方有著淡藍色長髮與白色基調的戰鬥裙裝，腰間則掛著銀製細劍。水精靈補師同時也是細劍使的亞絲娜，一看見我和愛麗絲，就在表情不變的情況下緩緩眨起雙眼。

「妳……妳回來啦，亞絲娜。」

我站起身並且打著招呼，亞絲娜這才露出燦爛微笑，同時輕舉起右手。

「晚安啊，桐人。歡迎光臨，愛麗絲小姐。」

「打擾了，亞絲娜。」

愛麗絲同樣微笑著這麼回答，但相對於兩人祥和的表情，感覺客廳的氣壓似乎稍微上升了一些，難道說這只是我的錯覺嗎，還是說——

但不論狀況如何，我都得先完成回家作業。輕咳了一聲後，我就再次開口表示：

「那個，我必須完成報告，不介意的話妳們兩個人先到莉茲她們那裡……」

正當我說到這裡的時候。

突然從腳底下湧起的強烈衝擊讓圓木屋劇烈晃動，接著是宛如雷鳴般的重低音填滿聽覺。

「呀啊！」

聽到兩個人發出這種悲鳴的瞬間，我就本能地往地上一踢，右手抱住愛麗絲，左手抱住亞絲娜的虛擬角色。直接蹲到地上的下一刻，就有新的強烈震動襲來。橫跨圓木屋天花板的粗大梁柱發出崩裂聲，馬克杯從桌上滾落。

虛擬世界不可能發生地震，就算阿爾普海姆的大地產生搖晃也不可能傳到艾恩葛朗特來，即使艾恩葛朗特真的在晃動，圓木屋也不可能倒塌。理性雖然這麼告訴自己，但我再次被本能驅動，直接開口大叫：

「妳們兩個，快到外面去！」

我拖著細劍使與貓耳騎士的身體橫越扭曲的地板，好不容易來到玄關。推開房門衝到門廊的瞬間，就因為第三次而且是最大的衝擊而跌倒，三個人同時從短短階梯上滾落。

幸好前院是草皮，所以ＨＰ不至於減少。直接浮上空中的話，至少可以逃離這陣晃動，當這麼想的我準備震動精靈翅膀時，左手就被人抓住。

亞絲娜以渾身的力量緊握住我的手，同時以沙啞的聲音大叫：

「桐人，那……那個……！」

亞絲娜不停發抖的左手所指的，是能從附近的外圍開口處看見的藍天。一秒鐘後，我也注意到了。

時間與現實不同步的阿爾普海姆仍未到傍晚，距離日落應該還有一段時間才對，但地平線卻染上一片紅色。如血一般的紅色以極快的速度往這邊逼近，瞬間覆蓋了艾恩葛朗特的上空。

「……那不是晚霞……！」

這麼大叫的是抓住我右手的愛麗絲。她大叫的內容幾乎無法傳入我的意識，但我的腦袋裡面也大叫著完全相同的話。

並不是天空變紅了，而是有無數六角形以猛烈的速度覆蓋整片天空。那些六角形的表面交互排列著【Warning】【System Announcement】的文字列。

「桐人……」

亞絲娜再次以細微的聲音叫著我的名字。

我用力回握她纖細的手，同時看過相同天空的「那一天」又重新鮮明地浮現在腦海裡。

那一天……已經是接近四年前的二〇二二年十一月六日。

世界第一款VRMMORPG「Sword Art Online刀劍神域」正式開始營運的首日午後五點三十分，一萬名玩家被強制轉移到城鎮的廣場，下一刻就有鮮紅六角形覆蓋整片天空。

像是從天空中滲出一般的實體化巨大GM虛擬角色，以充滿威嚴的聲音向我們宣告。他說「諸位玩家，歡迎來到我的世界」。從那個瞬間起，包含我和亞絲娜在內的一萬人就被困在無法登出的死亡遊戲裡，一直到過了兩年的歲月之後才得以脫離。

沒想到這樣的事件還會再次發生。

不對，不可能有這種事。我和亞絲娜戴著的不是NERvGear，而是加了層層防護的AmuSphere，愛麗絲甚至不需要潛行到ALO的硬體設備。就算登出鍵從選單視窗消失，只要現實世界有人把我頭上的AmuSphere拿下來就可以了。

但是，如果是這樣，那這片紅色天空到底是怎麼回事？

是驚喜用活動的演出？這也不太可能。ＳＡＯ事件造成了四千名玩家死亡，完全模仿其開場的演出應該違反了法規才對——就算營運ＡＬＯ的ＹＭＩＲ是極小規模的新興企業也不可能這麼做。

被人從伺服器外駭進來了？雖然不是絕對不可能，但要覆蓋天空的構造或許很容易，不過要讓整個艾恩葛朗特產生劇烈晃動就是極為困難的一件事。這個世界也不存在引發這種現象的魔法與道具。

當我想到這裡的同時，第四次衝擊也襲擊了過來。

第二十二層的地面宛如液體般起伏，綠色草皮的裂痕往外擴張。背後的圓木屋發出臨死前悲鳴般的崩壞聲，亞絲娜則是用雙手緊緊抓住門廊的扶手。

「亞絲娜……！」

叫完名字之後才發現。藍色頭髮的水精靈不是為了支撐自己的身體，而是為了防止房屋倒塌。我也立刻衝出去用雙手擋住房子的牆壁。愛麗絲也從上面把門廊的地板往下按。

但是僅靠三個人的力量當然無法阻止這毀滅性的震動。不對，就算集合一百名玩家的力量也是一樣的結果吧。浮遊城直徑將近十公里的整個樓層都發出地鳴聲並且震動著。

「啊……！」

亞絲娜細微的悲鳴被清脆的破碎聲掩蓋過去。覆蓋在圓木屋玄關門廊上的三角屋頂從中央裂成兩半。繼續搖晃下去的話，數十秒後房子本體也會受到嚴重的傷害。

雖然比不上亞絲娜，但是我對這間房子也有很深的感情。在舊艾恩葛朗特，我們待在裡面過了短短兩週新婚生活的圓木屋，當死亡遊戲結束的同時也跟著消滅了，半年之後正式在ALO裡上線的新生艾恩葛朗特是從SAO伺服器裡複製過來的「真貨」。也就是說，這間圓木屋從地板的木紋到柱子的節眼，都是跟原始版完全相同的存在。

實際上，舊SAO伺服器的艾恩葛朗特也暗地裡經由原本是茅場晶彥恩師的重村徹大教授之手還原了……現在那個伺服器就像教授過世的獨生女，今年四月發生的「Ordinal Scale事件」時救了許多人性命的尤娜／悠那的墓碑一樣。由於存在於ARGUS總公司的地下五樓，所以無法輕易進入，也完全不會想進入。對於現在的我和亞絲娜來說，這間房子果然是充滿回憶的自宅。

再次有了這種自覺的我，隨即將雙手手指陷入房屋圓木的縫隙，以全身的力量想要停住搖晃。

下一刻，震動像作夢一樣消失了。

當覺得地震終於停止的我準備鬆一口氣時就注意到某件事。劇烈的搖晃是結束了，但是地面本身卻緩緩向前……朝浮遊城的外圍方向傾斜。

「怎麼了……？」

我在從未有過的強烈不祥預感襲擊下回過頭去。

然後完全說不出話來。

距離包圍圓木屋用地的柵欄二三十公尺的前方，地面完全消失了。

艾恩葛朗特的樓層本身被地裂給分開了。也就是說我們現在站的地面浮在空中——不對，是開始掉落了。就是因為這樣震動才會停止。

遲了一會兒注意到這個事實的愛麗絲同時發出了聲音：

「桐人……地面！」

「桐人，房子掉下去了！」

這我也感覺到了，但是完全想不出對策。茫然瞪大的雙眼前方，可以看到第二十二層底部的斷面逐漸遠去。之所以覺得落下的速度出乎意料地慢，完全是因為我們和圓木屋所待的樓層缺塊直徑也有一百公尺以上，所以產生了極大的空氣摩擦吧。如果是完全的自由落體狀態，身體應該會浮起來才對，但就算重力變小了，雙腳也還是踏在地面。

以這種樣子來看，就算掉下去房子可能也不會全毀……我立刻抹消這種樂觀的預測。艾恩葛朗特是飄浮在阿爾普海姆上方一萬公尺的高空。就算虛擬的空氣幫忙煞車，我們所在的小島從這種高度落下還是會碎成粉末，只留下隕石坑的痕跡吧。當然因為這裡是ＶＲ世界，所以無法破壞屬性的地面可能會毫髮無傷，但三個人的ＨＰ與圓木屋的耐久值絕對會一瞬間歸零。

——不對。

我、亞絲娜和愛麗絲還是有存活下來的手段。因為我們背上長著精靈的翅膀，只要攤開翅膀來飛行就能避免這個極大的慘劇。只不過我不認為亞絲娜會選擇這個手段。因為即使發現開始掉落，她的雙手還是緊握住門廊的扶手。

我也在右手依然貼在圓木屋牆壁上的狀態下，凝視著逐漸遠去的浮遊城。

不只有分離的小島，似乎整個城堡都掉下來了。雖然不知道新生艾恩葛朗特發生了什麼事情，但這種現象是場大災難已經是無庸置疑的事實。染成紅色的天空底下，巨大的圓錐形剪影開始往南側傾斜並且掉落。下層的外圍部分不斷有跟我們所在的小島同規模的岩塊掉落。

莉茲貝特、西莉卡以及結衣應該在艾恩葛朗特的第四十五層提升等級。雖然也擔心她們，但現在必須找出拯救圓木屋的方法才行。從高度一萬公尺掉落的人類，張開雙手雙腳讓空氣摩擦最大化的話，大約三分鐘左右會撞擊地面……記得好像在哪裡看過這樣的情報。這樣的話，這座小島還剩下多少時間就會猛烈撞擊阿爾普海姆的大地了呢？在虛擬世界會變得更快還是更慢呢？

我以不輸給轟隆風聲的最大音量叫道：

「可惡，如果這裡是Underworld，就可以用心念的力量輕鬆抬起這種大小的岩塊了！」

下一刻，雙手放在門廊上的貓耳騎士大人就做出了嚴厲的吐嘈。

「不能什麼事情都想用心念來解決！」

「這……這種狀況應該可以用吧！」

「越是緊急的事態就越考驗騎士的心理素質！」

聽著我們爭論的亞絲娜，以稍微恢復冷靜般的表情與口氣插話進來表示：

「雖然無法使用心念力，但或許還有我們能做的事……！」

話雖如此，亞絲娜在這個世界也無法使用史提西亞神的地形操作能力吧，一瞬間雖然這麼想，但她接下來說的當然是完全不同的內容。

「以翅膀推動這個岩塊！」

「咦咦……？再怎麼說也不可能抬起這種大小的岩塊……」

當我說到這裡，亞絲娜就迅速對我搖了搖頭。

「不是的，不是抬起來而是改變它的軌道。如果可以選擇落下的地點，說不定……」

「啊……對……對喔！」

終於理解老搭檔的意圖，於是我也大叫：

「讓它掉在水面，不然就是溼地或者沙漠上，或許就能緩和一定程度的衝擊……！」

「原來如此。」

點頭的愛麗絲張開背後的翅膀。我和亞絲娜也把手從圓木屋上移開，腳隨即往地面踢去。

由於原本就是在掉落當中，只要稍微運用一些飛行能力，虛擬角色就開始急速上升。

在圓木屋屋頂大約一百公尺的上空停止振動翅膀，然後邊再次落下邊保持距離。在相對的旋停狀態下視線四處巡梭，了解眼下的小島是呈最寬處一百公尺，長大約兩百公尺的三角蛋糕形狀。圓木屋是位於尖端的部分，讓整個往外擴張的那一邊落到水裡的話，我們的房子就有存活下來的可能性……希望是這樣。

我將視線往外側移動。遙遠下方的大地是一整片鮮綠色森林。阿爾普海姆裡就只有風精靈與水精靈領地有如此寬廣的森林，從到處可見水面的反光來看，這裡應該是水精靈領地的上空。

我們的運氣可以說相當好。我們三個人所能使出的推力雖然極其細微，但有那麼多湖泊的話，要修正落下軌道讓小島掉在其中一座湖泊裡也不是不可能——我希望是這樣。

用力瞪大雙眼，盯著斜向落下的小島飛往何方。雖然可以看見幾座湖泊，但大小與形狀卻都不適合。理想是像飛機場跑道那樣的細長狀，但應該沒那麼簡單可以找到符合這種條件的湖泊——

「就……就是那裡了！」

「在那邊！」

我和亞絲娜同時叫了起來。在遙遠彼方發出閃亮光芒的水面應該不是湖泊而是河川，不過充分具備讓這座小島軟著陸，不對，應該說著水的寬度。流動的方向也幾乎沿著落下軌道，只要往右移兩百公尺左右就能抵達了。

「快一點吧！」

亞絲娜再次攤開翅膀。三個人同時互相點點頭，接著朝小島左側急速下降。從島嶼上空飛出去的瞬間，身體就快要被猛烈的風壓推回去，拚命撥開強風往下飛行，最後整個人貼在岩塊側面。

與大地的距離還剩下四千公尺左右。也就是說，在往下掉落二十公尺期間把軌道移動一公尺的話，就能夠抵達目標的河川了。如果這座小島是在地上靜止不動，那我們三個人再怎麼努力也無法推動它分毫，不過如果是掉落當中的話——

雙手推著漆黑岩石斷面，然後全力振動背上的翅膀。

「嘿……呀啊啊啊啊啊！」

右邊的亞絲娜與左邊的愛麗絲也同時叫了起來。

「唔嗯————！」

「嘿咻————！」

喂喂，整合騎士大人，年輕女孩子發出嘿咻的聲音不太對吧……心裡雖然這麼想，但是根本沒有多餘的心思說出口。

要是在RCT PROGRESS負責營運時的ＡＬＯ裡做出這種事情，飛行蓄力條一定會立刻耗盡而墜落，但是新營運公司ＹＭＩＲ很慷慨地廢除了飛行限制，所以不論再怎麼用力都不用擔心能源耗盡。長徑達四百公尺的岩塊，一開始以不動如山的手感反彈我們的努力，但毫不放棄地繼續推動，軌道就開始一點一點移動了。

「推過頭的話就無法修正了！」

雖然愛麗絲的看法相當正確，但現在也只能順著直覺了。

「我想……這樣也還不知道能不能抵達河川！不要害怕，全力推吧！」

「只能相信桐人的幸運值了！」

如此大叫的是亞絲娜。老實說我對自己的幸運值完全沒有自信，但也只能告訴自己都是為了今天在累積幸運值。

抵抗不斷往身上吹來的強風，推著小島過了十幾秒鐘後。

回過神來才發現已經距離地面相當近。高度一千公尺……九百……八百。岩石表面的前方還看不見目標的河川。下意識當中踢著腿來增加一些推力，同時用盡吃奶的力氣來死命推動岩塊。

視線前方出現閃亮的白光。水面——

「是河！再推五秒鐘就脫離！」

聽見我的指示後，亞絲娜立刻開始倒數。

「四！三！二！一！就是現在！」

三個人完全攤開翅膀來緊急煞車。身體一瞬間被往後拉，差點陷入倒栽蔥旋轉狀態，不過還是藉由互相交纏臂膀來保持姿勢。

巨大三角蛋糕型的岩塊從底部開始以猛烈的速度朝著水面衝去。貼在尖端部分的圓木屋不斷飛出屋頂木板與木頭釘子碎片，但房子本身仍抗拒完全崩壞。

再來就只要撐過著水時的衝擊——

我對著虛擬世界裡應該不存在的神明祈禱，同時等待著那一刻到來。

三秒後。

岩塊底部觸碰到水面。

接著高高噴起反向的大瀑布。虛擬世界當中，與水相關的表現通常會被簡單化，但現在濺起的寫實水柱足以讓我驚訝地想著ＡＬＯ竟然能夠做出如此細膩的表現，而小島也繼續反彈了兩次、三次。每反彈一次，圓木屋就發出悲鳴般的劇烈摩擦聲。

拜託一定要撐住啊——！

就像在嘲笑我的願望一樣，岩塊中央出現新的龜裂。靠著水面來止住去勢，幾乎變成直立狀的小島，無法完全吸收動能而從正中央折成兩半。

「啊……！」

亞絲娜發出悲痛的聲音，我則是拚命緊握住她的左手。

從小島後部分離的前端部分，在搭載著圓木屋的情況下飛向天空。河川在前方轉了個大彎，所以不存在能夠當成緩衝的水。對岸是一片深邃的森林，往該處衝去的岩塊不斷掃倒巨大針葉樹。接著揚起一大片土塵遮蔽了我們的視線。

最後傳出「滋滋嗯……」的沉悶聲響，接著便是作夢一般的寂靜降臨。

在想去確認圓木屋的狀態以及不想看到自宅受到無情破壞的心情包夾之下，讓我只能夠僵在現場。亞絲娜也沒有發出聲音。三人就保持並排旋停的狀態，持續凝視著揚起的土塵。

——話說回來，同樣掉落下來的艾恩葛朗特本體怎麼樣了？

當我為了確認浮遊城的去向而緩緩準備轉身的時候。

連續發生了兩件事情。

首先是覆蓋整片天空的深紅色六角形圖樣以跟出現時同樣驚人的速度消失在地平線上。

下一刻，讓我身體浮在空中的力量就消失了。

「嗚哇！」

發出叫聲的我拚命振動背上的翅膀，但是卻連一皮可牛頓的推進力都無法產生。在倒栽蔥的姿勢下，和同樣發出悲鳴的亞絲娜她們一起朝著大約一百公尺下方的河面墜落。

認為是任意飛行出了什麼問題的我，準備用左手叫出輔助控制器。但是不論動多少次手指都只能抓到空氣。當然也就無法停止落下。雖然底下是水面，但從這樣的高度落下，實在不可能毫髮無傷。

現在想起來，我、愛麗絲以及亞絲娜死亡時的復活地點是設定在圓木屋內。當圓木屋受到破壞而消滅時，會在什麼地方復活呢？是最近的城市？還是以前的復活地點世界樹城市？就算圓木屋消滅，放在該處自宅倉庫欄裡的大量道具應該也會留下來才對，不論如何都必須要回收充滿回憶的各種物品才行。但要是在遙遠的地方復活，就沒辦法在道具群腐爛之前回到這裡來了。我果然不能死在這裡。

「兩位，把身體縮起來！」

ＡＬＯ裡——ＳＡＯ也是一樣——高處掉落傷害將會因為撞擊時的體態而有所改變。下方是地面的話就能試著用腳著地，如果是不清楚深度的水面，那麼完全防禦姿勢可以說最為安全。我把雙腳往上抬到胸口，雙臂繞過脖子並起停止呼吸。

衝擊。視界左上的ＨＰ條一口氣減少到一半。

看見這一幕的瞬間，我腦袋的角落就浮現「咦？」的想法。但根本沒有多餘的時間去追究不對勁感覺的源頭。我邊從嘴裡吐出白色泡沫，邊在湛藍色水中咕嘟咕嘟地往下沉。為了阻止滅頂，我立刻伸展雙手雙腳，死命朝著水面划去。

「噗哈！」

頭部從水面探出的瞬間就開始劇烈喘氣。一會兒後，亞絲娜和愛麗絲也浮上來。看來她們兩個人也受到跟我同樣程度的傷害。

不過在HP減半的情況下持續直立踢水游泳不是什麼聰明的選擇。雖然不熟悉水精靈的領土，但是像這樣的大河通常會有鱷魚、烏龜或者鰻魚等怪物潛伏。在受到爪子或者咬噬攻擊前，還是趕緊上岸比較好。

「……果然沒辦法飛行嗎……」

看了一下如此呢喃的亞絲娜背後，發現翅膀已經消失無蹤。更不可思議的是，愛麗絲雖然還有貓耳，亞絲娜像是精靈般細長的耳朵已經變成人類的模樣了。我的耳朵應該也一樣吧。雖然不祥的預感越來越濃厚，不過還是得先確保自身的安全。

「只能游泳了。」

我一這麼說，其他兩個人就一起點了點頭。心想「既然如此」的我，就以自由式朝著圓木屋落下的右岸游去。

幸好河川裡沒有衝出獵食者。在全身溼透的情況下上岸之後，三個人就一起嘆了一口長長的氣。在亞絲娜的嘆氣中感覺到疲勞之外的感情，於是我就靜靜地把右手貼到她的背上。

右岸前方的森林，簡直就像被幽茲海姆的巨獸衝進去一樣，可以看到大量的樹木被掃倒。

土塵特效雖然逐漸止歇，但是從這邊看不到搭載了圓木屋的小島。是被地形的凹陷處遮住了嗎——還是整座小島都碎成粉末了？

「……我不要緊。」

亞絲娜如此呢喃完就堅強地挺直背桿。

「得去確認我們的家怎麼樣了。」

「一定會平安無事的。」

如此說著並且往這邊靠近的愛麗絲，上半身突然抖了一下。她以右手碰了一下自己的三角耳朵，然後歪著頭說：

「……很不容易變乾耶……」

聽她這麼一說，我才發現還有水滴從裝備著的黑大衣袖口與衣襬滴下。在以環境舒適為賣點的現行ＡＬＯ裡，令人討厭的「濡濕效果」不會持續太久，即使必須穿著衣服游泳，從水裡爬上來後數十秒，頭髮和衣服就會瞬間乾燥了。

說不定艾恩葛朗特的掉落不是異常現象，只不過是更巨大、嚴重變異的一部分而已。再次被惡寒襲擊的我，為了謹慎起見而準備裝備上武器，於是想用左手來叫出選單視窗。

但是選單遲遲沒有出現。

「喂，不會吧……」

我以沙啞的聲音如此呢喃，同時用兩根手指在空中不停揮動。但不論重複多少次都聽不見熟悉的效果音。即使以右手嘗試也只得到同樣的結果。

難道真的再次遇見那種事件了嗎……當我感到戰慄的時候。

響起細微的鈴聲，舉起的右手下方出現一個小視窗。急忙一看之下，發現上面並排著單調的黑體字。內容是【Ｔｉｐｓ：若想叫出選單視窗，請以右手食指與中指朝順時鐘方向畫圓。】

「……畫圓？」

雖然感到奇怪，但我還是按照指示以兩根手指在空中畫了直徑十公分左右的圓。

結果發出淡紫色光芒的選單畫面就隨著相當不可思議的效果音出現了。我這才鬆了一口氣——雖然很想這麼做，但是我以及從左右兩邊窺看視窗的亞絲娜與愛麗絲都發出驚訝的聲音。

因為選單畫面不是ＳＡＯ與ＡＬＯ裡熟悉的方形，而是簡單的圖示排列成圓形，也就是所謂的環狀選單。以形式來說並非太稀奇，只是我不曾聽說ＡＬＯ更新了ＵＩ。

感到啞然的我動著手指，該方向的圖示就慢慢擴大，最後由英文字母覆蓋圖示。從正上方順時鐘確認下來，依序是能力值、技能、裝備品、所持品、任務、地圖、社群，以及系統等八種類。以ＭＭＯＲＰＧ的選單來說是極為常見，現在甚至會因為其普通的模樣感到單調無趣。

我以僵硬的指尖碰了一下左上的系統圖示。圓形圖示一邊旋轉一邊增加，顯示出幾個副選單。上面並排著畫質、音效等ＵＩ設定圖示，然後是門的形狀——登出圖示。

「「呼…………」」

我和亞絲娜同時鬆了一口氣，愛麗絲一瞬間以不可思議的表情看著我們，但立刻就以了解內情的模樣點了點頭。

「噢，你們想起『Sword Art Online刀劍神域』了嗎？」

「是啊……」

點頭的亞絲娜露出些許苦笑並繼續表示：

「AmuSphere是安全的機器，所以應該不會發生同樣的事故……但是在虛擬世界裡只要遇見跟平常不同的事情，總是會忍不住提高警覺。」

「這是理所當然的反應喲。」

愛麗絲難得——這麼說或許對騎士大人有點失禮——呢喃著慰勞的發言，但立刻就恢復平常的口氣然後搖著頭說：

「但是我無法理解茅場這個人。現實世界裡每天都有十萬人以上死亡，為什麼要特地把年輕人關在應該安全的虛擬世界，讓他們和魔物，甚至人類之間互相殘殺呢……他這麼做到底能得到什麼好處？」

我和亞絲娜也無法回答這極度直接的問題。這將近四年的時間裡，我不斷思考茅場晶彥當時到底想要什麼——不對，應該說一直以來究竟想要什麼，但是依然無法得到答案。

「……想知道的話，就只能問那個傢伙本人了。我不認為他會老實回答就是了。」

說到這裡，我就把系統圖示恢復原狀。為了以防萬一，這時候應該先試著登出才對，但現在還是想先確認圓木屋的狀況。

不對，在那之前還有一件應該確認的事情。比圓木屋晚一些掉落到大地上的艾恩葛朗特本體究竟怎麼了。我不認為那麼巨大的構造物會損毀到不留下任何痕跡，待在裡頭的玩家們也有可能被課以高處落下傷害。

為了傳送訊息給應該在第四十五層和西莉卡一起提升技能的莉茲貝特，我這次準備打開社群圖示，但是手隨即停了下來。不是有比敲打全息鍵盤更快的方法嗎？

「結衣，妳在嗎？」

對著空中這麼呼喚，然後等待回應。亞絲娜和愛麗絲的視線也看向空中。

SAO產生的人工智慧結衣，在這個ALO的系統上是登錄成我的「導航妖精」。和其他的妖精不同，她可以單獨自由行動，不過只要我呼叫她的名字，不論她在世界地圖的哪個地方都能瞬間回來。

原本應該是這樣才對。

「…………」

等了幾秒鐘還是沒有任何反應。至今為止只要我一呼喚，她就會瞬間出現在空中並且飛過來。

「……桐人，結衣她人呢……？」

聽見亞絲娜不安的呢喃聲，我也一邊壓抑焦躁感一邊回答：

「……應該在第四十五層陪莉茲她們一起狩獵……」

「這樣應該保持著跟ＡＬＯ的連線吧。」

亞絲娜的話讓我一瞬間猶豫了一下才準備表示同意，但是在我開口之前。

「說起來呢……」

往前走出一步的愛麗絲往上看著恢復成藍色的天空並且開口說：

「這裡真的是阿爾普海姆嗎？」

「咦……這……這是什麼意思？」

在嚇了一跳的我面前，愛麗絲以藍色眼睛看向三人背後的一大片森林。

「——桐人應該沒有意識到吧，阿爾普海姆的植物種類，跟現實世界就不用說了，就連跟地底世界相比也相當有限。樹木的話闊葉樹、針葉樹合起來大約是三十種左右吧……但是，那座森林裡長了許多不曾在阿爾普海姆看過的樹。」

「啊……聽妳這麼一說……」

我和如此呢喃的亞絲娜一起看向綠色森林。物件做得還真是精細呢……心裡雖然這麼想，只是依然無法分辨出樹木的種類。不過亞絲娜本身也喜歡稀有樹木以及由其製成的家具，因此她像是能夠理解般點了點頭，然後重新轉向我。

「愛麗絲說得沒錯，有許多不曾在阿爾普海姆看過的樹木。而且……我原本也覺得有點不對勁喲。」

「什麼事情不對勁？」

「阿爾普海姆的水精靈領地確實有許多湖泊，但基本上都是由地下水道連結，地面上應該沒有這麼大的河流才對。」

聽她指出這一點後，我也覺得確實是這樣，不過我三十分鐘前的確是潛行到ALO裡，而ALO裡不存在阿爾普海姆之外的地面上地圖。也有可能是在沒有預告的情況下就引進其他的北歐神話世界——比如阿薩神族的國家「阿斯嘉特」或者華納神族的國度「華納海姆」，但是以驚喜活動來說這樣的導入實在太過粗暴了。

「……但是這裡至少是在ALO裡面，這樣結衣應該會回應呼喚才對啊……」

我有一半是說給自己聽，同時再次用手觸碰依然顯示著的環狀選單，打開了位於十二點鐘方向的能力值圖示。發出咻咻聲的圓形圖示攤成四個部分，形成一個四角形的視窗。

「妳看，角色檔案還是存…………」

我的話說到這裡就煙消雲散了。

視窗最上部確實顯示著【Kirito】這個角色名稱。

但是跟我記憶中的能力值也只有這個地方相同。

名字右側的【Lv.1】數字閃爍著燦然光輝。下方有四根彩條。從上面依序顯示HP、MP、TP、SP。HP條上方顯示【98／200】，MP、TP以及SP條的【100／100】等數字都發出白光。

HP和MP還能夠理解——TP和SP到底是?等等，還有比這更重要的事。

「……等級1……」

我以沙啞的聲音如此呻吟，亞絲娜和愛麗絲則是默默凝視著我的臉兩秒鐘左右，接著同時以右手在空中畫圓打開環狀視窗。她們各自瞪著自己的能力值，異口同聲地叫道：

「我也變成等級1了！」

「我也是等級1！」

「這是怎麼回事！」

「到底是怎麼一回事！」

兩個人同時朝我逼近，我也只能不停搖頭。

「問……問我也沒有用……我也感到超級震驚……等等，不對喔，說起來ALO……」

我把「應該沒有等級」這句話吞了回去。腦袋裡重新浮現一年半前艾基爾告訴我這個遊戲時的聲音。

——算是超級技能制，好像是沒有所謂的「等級」。只能反覆使用來提升各種技能，就算一直打怪HP也不會增加多少。

聲音響起的同時，不知道為什麼就浮現光頭店長對著我豎起大拇指的笑容，我立刻抹消這個影像，繼續進行考察。

不只是UI，連遊戲系統骨幹的等級／技能制都產生了變化，那就已經超出更新的範疇。應該認為這個世界已經不是我所知道的ALfheim Online了。

把視線從等級1的角色檔案上移開，瞪著顯示在視界左上的條狀圖。依然維持掉落到河川時減半的狀態，幾乎完全沒有回復的HP條下方有綠色MP條，再下方是兩條新出現的細長條狀圖表。我想藍色是TP，黃色應該是SP吧。掉落時看見HP條後之所以會出現「咦」的想法，應該是因為那個時候已經追加了兩根條狀圖示的緣故。

「……背上的翅膀消失而掉落的時候……系統大概就是在那個時間點左右切換的吧……耳朵也是在那個時候……」

我一這麼呢喃，亞絲娜就摸著變短的耳朵邊加了一句：

「角色檔案竟然完全遭到重置，這不是一般的更新了。但是以事故或者Bug來說，這個UI的完成度也太高了……」

「說得也是……」

我邊點頭，邊用手指在環狀選單上轉動。圖示的擴大縮小都非常順暢，應該花了許多時間來製作。

還沒有看信件圖示，說不定營運公司ＹＭＩＲ已經傳送訊息過來，於是便打開社群圖示。從小隊、好友、訊息等副圖示中選擇了第三個。

出現的視窗裡沒有任何新訊息——甚至信箱裡所有的信件都被刪除掉了。加上好友名單也被清空。這樣也無法傳送訊息給莉茲和西莉卡了。

「能力值和好友都完全被初期化了。」

隨著嘆氣聲這麼說完，愛麗絲就左右甩動著金髮表示：

「不可能什麼都消失了吧。至少這個還在身邊。」

她舉起左手，以右手手指輕輕敲了金色的護手。我和亞絲娜身上確實都還裝備著防具。三個人的裝備全是辛苦收集稀有素材後請莉茲貝特製作，或者是在新生艾恩葛朗特的高難度迷宮裡入手，所以光是這些防具能夠留下來就該謝天謝地了。剛才吸了大量水分的服裝也終於開始變乾。

防具還在身邊的話，那麼解除裝備中的武器應該也平安無事吧，拜託一定要留著啊……我一邊祈禱一邊打開道具欄。

所有道具名單已經不是以前那樣以簡單的文字來表示。以類型來說，是將道具外觀直接縮小在正方形格子裡的繪畫圖示排列在一起，這樣確實很容易分辨，問題是廣大的道具欄裡僅僅存在兩個圖示。

兩個都是單手用直劍——一把是莉茲貝特武器店謹製的「黑色鞭痕」，另一把則是在幽茲海姆入手的「斷鋼聖劍」。除此之外，原本掩埋道具欄的各種道具群已經消失得無影無蹤。

「……只剩下劍……」

一邊呻吟一邊移動視線，就看到亞絲娜也從自己的道具欄畫面抬起臉來說：

「我也只剩下細劍和法杖。」

「我一樣只有劍和盾牌。」

「唔嗯嗯……原本還收納了許多別的武器，看來只剩下愛用品而已……」

我一提出疑問，亞絲娜就輕輕聳了聳肩。

「正因為是愛用品的關係吧？只留下兩個使用期間最長的裝備品，其他的全部消失……」

「原來如此。這麼一來……這果然是人為的現象。如果是Bug或者事故，不可能那麼剛好只留下愛用品。」

一這麼說完，決定先把劍實體化的我就點了一下平常使用的「黑色鞭痕」，從副選單裡選擇了「裝備」。劍的圖示從道具欄裡消失，我的背上出現沉甸甸又可靠的重量——

「嗚喔……！」

根本沒空管可不可靠了，像是巨大建設用鋼筋般恐怖的重量加諸在我的背上，我的膝蓋瞬間跪了下去。我為了不狼狽地跌個狗吃屎而拚命揮動雙手，反射性抓住指尖能勾到的東西。下一個瞬間……

「呀啊啊啊！」

「喂，你做什麼……！」

由於降下兩道悲鳴，我便抬頭往上看去，結果我的左右手分別抓住愛麗絲與亞絲娜的劍帶。這完全稱不上是什麼紳士的行為，但一放開手我就要一屁股坐到河岸的沙地上了。

「抱……抱歉，再忍耐一下！」

我抓住持續發出悲鳴的兩個人，好不容易重整體勢，結果著地的不是屁股而是左膝。把從兩名淑女的劍帶上移開的雙手插到地面來支撐身體。

雖然費盡千辛萬苦才避免跌倒，但愛劍異常的重量依然加諸於背上，讓我根本無法站起來。把視線往上移，就看到ＨＰ條右側的空間閃爍著紅色砝碼圖示。雖是初次看見，不過立刻就能理解意思——我超重了。但是為什麼呢？

回答我這個疑問的是紅著臉把劍帶往上拉的亞絲娜。

「啊，對喔……能力值遭到重置，能夠裝備的重量當然也減少了。那把劍是莉茲最近做的

吧？初期能力值當然拿不動了。」

「呃，不會吧……那就算留下來也不能用嘛……」

嘴裡這麼抱怨的我，再次確認顯示在眼前的能力值畫面。似乎存在兩個與重量有關的計量表，上面顯示著「Equip weight」，下面則是「Carry weight」的文字。直接翻譯過來就是裝備重量與搬運重量。搬運重量應該是表示放在道具欄裡能夠搬運多少重量，現在計量表只上升了三成左右，裝備重量計量表則是一口氣衝破右側變成鮮紅色。不對，搬運重量也只因為一把劍——即使那是傳說武器級的斷鋼聖劍——就耗費了三成，這可真令人擔心。

「不妙了……沒辦法使用武器，就表示現在被怪物襲擊的話馬上就會被打倒了。」

聽見我的指謫後，亞絲娜也以嚴肅的表情點了點頭。

「確實是這樣。魔法技能應該也被重置了……吧…………」

由於這句話不自然地中斷，我就把視線從能力值畫面移開。

亞絲娜簡直像失了魂一樣凝視著空中，下一刻就以驚人的速度開始操作環狀選單。從手指運動的方向來看應該是打開了技能視窗，接著就著迷般凝視著它。

「怎……怎麼了，亞絲娜？」

但是水精靈沒有回答，只是用發抖的手指碰了視窗的一點，幾秒鐘後，臉上出現極為放心的表情，接著「呼」一聲吐出長長的一口氣。

「……怎麼了？」

膝蓋依然跪在地上的我又問了一次，亞絲娜才看著我露出淡淡微笑。

「原本以為武器技能……學會的劍技也全部消失了。但是……魔法與調合之類的雖然消失了，但細劍技能還留著。熟練度和劍技也跟原本一樣。」

聽她這麼說我才終於注意到。對亞絲娜來說，這個世界裡說不定有跟圓木屋一樣重要的東西。也就是半年前陷入永眠的最強劍士「絕劍」有紀託付給她的原創劍技——「聖母聖詠」。不過幸好包含這招在內的已習得劍技都沒有消失。

「唔嗯……我的單手劍技能也還在。跟武器一樣，只留下一個熟練度最高的技能。」

愛麗絲的分析應該是正確的沒錯。這樣的話，我應該只有單手劍技能平安無事。想到這裡的我就突然對亞絲娜問道：

「咦……這麼說來，亞絲娜小姐。妳細劍技能的熟練度比水魔法技能還要高嘍……？」

「怎麼，不行嗎？」

被狠狠瞪了一眼後，我急忙搖著頭回答：

「沒……沒有啦，怎麼會不行呢。只是覺得真不愧是狂暴補師大人……」

「魔法技能已經消失了，這個綽號不適用嘍。」

亞絲娜先是繃著臉把頭別開，然後再次看著這邊說：

「倒是桐人，你要在地上撐多久啊？揹著無法裝備的劍也沒有用吧，快點把它收回道具欄吧。」

「知……知道了啦……」

即使這麼回答，我還是想做最後的掙扎，準備在背負著黑色鞭痕的情況下站起身子。但是只有兩腳膝蓋不停顫抖，身體根本撐不起來。亞絲娜和愛麗絲低頭看著發出「哼唔唔唔」低吟的我，然後同時嘆了一口氣。

但我的努力並非完全沒有意義。

一個小視窗隨著「咻鈴」的效果音出現在我眼前。

【獲得強健技能。熟練度上升為１。】——看見這樣的訊息後，我只能不停眨著眼睛。

看來在技能方面的系統是跟ＡＬＯ一樣。根據行動來滿足ＰＩ（熟練度上升）觸發器的發動條件，就能獲得技能／熟練度上升的機會。雖然是首次看見這個強健技能，不過應該跟ＳＡＯ裡的「所持容量擴張」一樣，熟練度上升之後就能夠持有重物了吧。

也就是說，只要持續承受愛劍恐怖的重量，強健技能的熟練度就會不斷上升，總有一天紅色超重圖示會消失——雖然應該是這樣，但完全不知道要花上幾小時，甚至是幾天的時間。這時候還是乖乖地按照亞絲娜的指示，移動到裝備畫面把顯示在右手部分的黑色鞭痕圖示拖到道具欄裡並且放開。

下一刻，背上的重量就像作夢一樣消失，我也迅速站了起來。用力伸個懶腰，放鬆僵硬的身體——當然只是錯覺——之後，隨即看向圓木屋墜落的方向。亞絲娜她們也默默地將視線移往河川上游。

「……走吧。」

這麼呢喃完，兩個人就輕輕點頭。雖然在無法裝備武器的情況下踏入森林還是會感到不安，但也不能一直停留在河岸邊。

我們開始在散布大大小小石頭的河岸上行走。忽然想到某件事的我，打開環形選單來到社群內的小隊圖示，然後將邀請圖示發給亞絲娜和愛麗絲。兩個人接受之後，視界左上角就出現新的長條。像這種基本的畫面構成，不論是ＡＬＯ、ＧＧＯ還是ＳＡＯ都是一樣，也就是說至少可以推測出這個世界也是The seed規格的ＶＲＭＭＯ世界。

「ＨＰ和ＭＰ知道是什麼，不過ＴＰ和ＳＰ的長條究竟是什麼……」

亞絲娜邊走邊這麼呢喃，但現在兩者都是全滿狀態，所以沒辦法推測。

「嗯，減少的話就會知道了。」

和我有同樣想法的愛麗絲這麼回答完，亞絲娜也笑著表示「說得也是」。

這兩個人其實很合得來吧……我沒有把這樣的想法說出口，在注意腳邊的情況下持續往前走，最後來到刻畫在深邃森林的落下痕跡入口。雄偉的樹木從根部被掃倒的光景只能用慘不忍睹來形容，不過某種程度上可以防止怪物偷襲也算是值得感謝了。

在踏入落下痕跡之前，我還是先打開地圖圖示來確認了一下，果然只有現在地周邊的地圖被記錄進去。不管這裡是不是阿爾普海姆的水精靈領地，地圖檔案也已經遭到重置了。但至少可以知道我們正朝著東北方走去——如果地圖的上面是北方的話。

慎重地走在雜亂倒下並且重疊在一起形成像迷宮的圓木之間。爬過倒下的樹木，鑽過狹窄空間後前進了五十公尺左右，最後前方被一道足有虛擬角色身高兩倍左右的圓木牆擋住了。使用翅膀的話就能輕鬆飛過，但現在只能乖乖地爬過去。

「嘿咻……」

當我一邊想起小時候和妹妹一起到川越市伊佐沼公園森林樂園遊玩時的記憶，一邊爬到牆壁的一半高度時。

「啊……說不定……」

這麼呢喃的亞絲娜伸出右手，點了一下我右腳放在上面的圓木。視窗就隨著「咻嗡」的旋轉特效出現了。

「看吧，果然是這樣！這些圓木是素材道具喔。應該可以收納到道具欄裡。」

「等等，我先下去……」

當我說到這裡時，腳底下的巨大圓木就發出藍光消失了。

「嗚哇哇！」

右腳隨即踩空。身體失去支撐的我，這次真的一屁股跌坐到地上，而且還有幾根失去支撐的圓木從我頭上滾下來。

「哇，抱歉！」

「失禮了，桐人。」

亞絲娜和愛麗絲從後面抓住我的衣領把我拖離現場，再晚一秒鐘的話應該就被壓扁了吧。

雖然差點喪命，但是託亞絲娜的福找到消除前方障礙物的簡單方法，所以也算扯平了。三個人一起擊點圓木把它們丟進道具欄裡，不到幾秒鐘牆壁就消失了，但原本還有許多空間的搬運重量也被占走九成以上。接下來就只能老實地運動身體了。

幸好不再出現需要攀爬的牆，我們這幾分鐘內就不斷重複跨越與鑽過的動作。前方的視界終於變得開闊。

「啊………」

亞絲娜微微呼出一口氣。我無法立刻判斷那是放心還是悲嘆的聲音。

充滿回憶的圓木屋，受傷的身軀就躺在森林的小空地上。

雖然免於完全崩壞，但也不能說平安無事。由於持續受到墜落的衝擊，左側面的牆壁已經破壞殆盡，屋頂的中央部分也整個凹陷。所有窗戶都碎裂，門廊與階梯就像被幽茲海姆的邪神踩爛了一樣。

即使這樣，只要想到從高度一萬公尺落下一事，就會覺得房子勉強還保有原形已經可以說是奇蹟了。應該是河川吸收了最初且最大的衝擊，以及森林的樹木犧牲自己幫忙煞車的緣故吧。

亞絲娜突然開始跑了起來，我和愛麗絲也從後面追上去。

愛麗絲似乎想對在崩塌的門廊前停下腳步，默默抬頭看著圓木屋的亞絲娜說些什麼。但是又把話吞回去改為看著我。

「桐人……沒有辦法修復這間房子嗎？」

「修復嗎……但是玩家小屋是無法破壞的物件……說起來原本就不存在耐久力才對……」

我一邊這麼回答，一邊來到亞絲娜旁邊，伸手點了一下歪斜的門廊扶手。瞥了出現的視窗一眼時，忍不住發出「喔！」的聲音。

ＡＬＯ的話，玩家小屋的屬性視窗裡只會顯示其為玩家小屋的事實。但是大型視窗裡的最上部寫著【柏木的圓木小屋】，下方標示了所有者的名字——亞絲娜和我——然後更下方可以看到應該是耐久力的彩條。覆蓋在上面的數字是【４７１３／１２５００】，這絕對就是圓木屋的ＨＰ了。

四千七百這個數字，跟我目前不到一百的ＨＰ相比似乎相當龐大，但以最大值來看其實不到三分之一。而且在看著數字當中已經減少到4712了。看來構造本身受損的話，耐久值就會持續一點一滴地減少。減少的速度是十秒減少一，也就是說到歸零的時間大約有四萬七千一百秒——除以六十的話是七百八十五分鐘，再除以六十就是十三個小時再多一點。

右下方顯示的時間是九月二十七日的十七點三十二分。也就是說什麼都不做放任它繼續這樣下去，明天早上六點半左右，這間圓木屋的耐久值將會歸零，這次就真的會完全消滅了。

從左側看著屬性視窗的亞絲娜似乎也做出同樣的結論，只見她以沙啞的聲音呢喃著「到明天早上……」。但這次愛麗絲也用冷靜的聲音來澆熄我的焦躁感。

「那個窗戶下方不是有修復鍵嗎？」

「咦？」

聽她這麼一說就把視線往下移，結果視窗下部果然顯示著【情報】【交易】【修復】以及【分解】等四個按鍵。

「喔喔……」

發出放心的聲音之後，在特別注意不去按到分解鍵的情況下，按下了旁邊的修復鍵。

損壞了一半的房子被光線包裹，逐漸變成新品——很可惜的，沒有出現這樣的奇蹟。相對的……

【要修復這棟建築物需要初級木匠技能。】

【修復這棟建築物所需的資材不足。完全修復需要「製材過的圓木」×162、「製材過的木板」×75、「薄鐵板」×216、「鐵釘」×463、「亞麻仁油」×30、「平板玻璃×24」。】

連續出現兩條殘酷的訊息，讓我只能傻傻張大嘴巴。

「圓……圓木要一百六十二根……」

「而且什麼是木匠技能……？要自己蓋房子嗎？」

和同樣露出茫然表情的亞絲娜面面相覷後，我才僵硬地點頭。

「應該……是這樣吧。以房屋為賣點的遊戲，這是很常見的情形，但ALO與SAO裡沒有這樣的系統。也就是說……」

「這個世界應該完全是另一款遊戲了。」

愛麗絲以肯定的口氣這麼說道，接著啪一聲拍了一下手。

「不過至少知道要做什麼了。收集寫在上面的資材，習得木匠技能之類的話，就可以讓這間房子復活。如此一來，我認為不能繼續在這裡拖拖拉拉了喔。」

「嗯……說得也是。」

受到的打擊應該比我還大，但是緊要關頭下定決心與行動都相當快的亞絲娜，立刻用力點頭並且再次凝視著訊息視窗。光是這樣就記住需要的資材種類與數量了吧，只見她以流暢的口吻快速表示：

「首先是一百六十二根圓木，我想這立刻就能收集到了。因為那邊就有一大堆。」

亞絲娜所指的方向疊著許多被岩塊掃倒的針葉樹。確實可以利用那些樹木，但是恐怕還有一兩個非得解決不可的問題。不過我決定現在先不管這些，只對亞絲娜說：

「那還是快點回收比較好。那種狀態下的圓木，不可能過了幾個小時還不腐爛。」

「說得也是。」

亞絲娜說完就馬上要跑走，我迅速抓住她的左手，又給了她新的建議。

「在那之前，先把之前放到道具欄的圓木拿出來減輕搬運重量吧。」

這次亞絲娜不再開口回答，直接迅速打開視窗並開始操作。三根圓木發出沉重的落地聲後，出現在過去是經過修剪的草皮，現在則是灌木與雜草叢生的圓木屋前院。與放進道具欄時不同，折損的斷面與多餘的樹枝已經經過修剪，但粗糙的樹皮還留在上面。

我和愛麗絲把圓木放到同一個地方，順便也把武器實體化靠在圓木堆成的小山旁。雖然把愛劍放在屋外還是會有些不安，但這邊附近應該沒有會來偷東西的玩家吧。

道具欄完全清空之後，就衝回許多木頭倒地的區域。把所有雜亂倒在地上的樹木都點過一遍，然後收進道具欄內。僅僅五六根搬運重量就幾乎全滿了，於是便跑回前院將其實體化。

來回五趟同樣的作業之後，圓木屋前面的空間已經被圓木堆成的小山塞滿了。沒辦法的情況下，只能收拾倒地的樹木並把新的圓木放在空出來的空間內。這是在現實世界的話不使用專門的重機械就無法完成的作業，但在虛擬世界只是虛擬角色移動而已，所以不會感到疲憊。三個人默默地持續工作，二十分鐘後，所有倒下的樹木都變成堆積整齊的圓木山。

呼一聲鬆了一口氣的亞絲娜，一邊折著手指一邊數數。

「嗯，一座山是十五根圓木，總共有十座山所以是一百五十根……咦，收集這麼多了還是不夠嗎？」

「還差十二根……」

聳聳肩的愛麗絲，視線往周圍的森林看去。

「不過周圍還有許多樹木。只要砍倒就能立刻收集到了吧。」

……等等，我想沒那麼簡單喔……

心裡雖然這麼想，不過我還是先說出另一件擔心的事情。

「在那之前……亞絲娜，圓木的道具名稱是什麼？」

「咦……？」

歪起脖子的亞絲娜擊點附近的圓木。然後看著屬性視窗來讀出內文。

「……寫著『古老的旋松原木』。這種樹名字叫作旋松啊……」

「這是現實世界有的樹嗎？」

「沒有喔！」

像要表示「那還用問嗎」一般立刻回答完之後，亞絲娜就用手掌撫摸粗糙的樹皮。

「不過我認為是相當高級的樹木喔。製材之後可以成為很棒的木材。」

「哦……盧利特村的森林裡也有類似的樹木呢。」

愛麗絲口中說出令人懷念的地名，讓我湧起一陣鄉愁般的感情，但我還是強行把感情壓抑下去並再次開始說明：

「呃，圓木的道具名稱是原木對吧？我想這樣的話應該不會被承認是修復圓木屋需要的道具。必須想辦法進行製材，把它們變成原木才行。」

「你……你說製材……但這個世界沒有電鋸也沒有大帶鋸吧。」

我沒有聽過大帶鋸這種道具，更重要的是亞絲娜小姐妳竟然喜歡木材到立刻就能說出這種器材嗎？我決定把這樣的驚訝全放到一邊，迅速地搖著頭表示：

「不是啦……這個世界原本就不存在那種必須大費周章的機械了吧。只要有需要的道具，應該就能把原木變成『經過製材的圓木』了。這部分的過程應該和ＳＡＯ的打鐵或者木工工藝一樣。」

「喔喔……」

亞絲娜像是能夠了解我的說法般看向圓木堆成的山。

「只要拿能夠製材的道具摩擦圓木幾次就可以了吧。問題是究竟要用什麼道具，又該如何入手……對吧。」

「是啊……──嗯，如果結衣在這裡就好了！」

平常雖然極力避免倚靠她像是特權般的導航能力，但是這種緊急事態的話就不用客氣了。聽見我的叫聲後，亞絲娜一瞬間苦笑了一下，然後露出擔心的表情。

「還沒跟結衣聯絡上嗎？」

「嗯……我想大概是ALO裡的導航妖精系統本身被無效化了。不知道跟莉茲她們待在一起的結衣是保持原樣，還是被從伺服器踢出去了……」

當我說出推測時，亞絲娜的臉色就越來越沉，於是我又急忙加了一句：

「啊，但……但是，結衣的物理硬體是我房間裡的PC，所以結衣本身應該不會受到傷害。不放心的話我就先登出去看看情況吧……」

「……不用了。如果結衣和莉茲與西莉卡在一起的話，我希望她能夠幫她們的忙。」

堅強地這麼說完之後，亞絲娜就拍了一下旁邊的圓木。

「我們就做自己能辦得到的事情吧。」

「這樣才像亞絲娜。」

露出燦爛笑容的愛麗絲，這時也用戴著護手的左手撫摸針葉樹──旋松粗糙的樹皮。

「我雖然對於木工不甚熟悉，但是從中央聖堂逃到盧利特村的森林時，在卡利塔老人的幫助下建造了自己的小屋。那時砍倒的針葉樹雖然沒有這麼粗大，但也跟這種樹十分相似，我砍下樹枝、剝下樹皮來完成圓木，我記得剝皮……需要一種兩側附有握柄的平薄刀刃道具。」

看著以動作來說明道具形狀的愛麗絲，我不由得縮起了脖子。

我聽說過從跟最高司祭亞多米尼史特蕾達的決戰到「異界戰爭」為止發生的事情，據說愛麗絲在盧利特村附近的森林裡蓋了小屋，然後在該處照顧搖光受損的我將近半年的時間。想像當時自己是什麼狀態，又是受到什麼樣的照顧，就會有股難以言喻的感覺襲上心頭，不過我還是盡可能不加理會，把注意力集中在目前的問題上。

雖然我完全無法想像出愛麗絲說明的道具，不過亞絲娜似乎立刻就想起來了。

「嗯，那是鉋刀。外國用來剝取圓木樹皮的道具。日本的話是使用農具般長柄的剝皮器。」

「唔嗯。那麼，就必須製作或者購買那個鉋刀嗎？但是要製作又需要其他的道具與素材……就算想買，掉落地點的周圍也看不見城市或者村莊……」

繃著臉的貓耳騎士大人持續以指尖用力摳著旋樹樹皮。

「真是的。不要說鉋刀了，只要有一把普通的小刀，我可以很輕鬆就把這種皮剝下來。」

這剽悍的發言讓我露出苦笑，不過亞絲娜像是想起什麼事情般發出「啊」一聲。

「等……等一下喔！」

她這麼大叫，然後跑進半塌的圓木屋裡。但是短短十秒鐘左右就跑回來，悄然搖頭說：

「房子的自宅倉庫欄平安無事的話，小刀是要多少有多少……但是跟我們的道具欄一樣，裡面也空無一物了。實體化的家具和餐具全都消失無蹤。」

「這樣啊……」

圓木屋裡頭的家具與裝飾品是亞絲娜巡迴阿爾普海姆全土精挑細選後收集而來的逸品。這些物品全部消失的打擊，一定比我想像中還要大吧。當我為了安慰沮喪的亞絲娜而往前走出一步時，才突然注意到某件事。

「……等等……如果小刀就可以的話……」

轉過頭去的前方有四把劍、一根法杖、一面盾牌靠在圓木堆成的山上。我衝了過去，觸摸愛劍黑色鞭痕的劍柄。

「……應該可以用這個傢伙剝圓木的皮才對。」

「是沒錯，但是桐人，你忘記自己剛才的醜態了嗎？」

從背後發出這種傻眼的聲音，我則是咧嘴笑著回答：

「當然沒忘。但是剛才超重是因為處於全副裝備狀態，只要把除此以外的裝備全部解除……」

說出一大串話的我以右手畫圈，從環狀選單進入裝備畫面。這個世界只有裝備人偶的部分與SAO時期完全相同，我毫不猶豫就按下位於人偶左側的「解除全部武裝」按鍵。好幾道光圈包圍我的身體，長大衣、襯衫、長褲以及靴子等防具類瞬間消失。只剩下一件黑色四角內褲。下一個瞬間……

「你……你在做什麼啊！」

「別突然脫衣服好嗎～！」

女孩子們雖然這麼大叫，但現在沒時間跟她們道歉了。

「哎呀，妳們看就知道了。」

以手套消失的雙手拍了拍手後，我就握住黑色鞭痕的劍柄。沉下腰部，準備一口氣把劍拔出來——

結果雙腳膝蓋就重重跪到了地上。劍明明靠在圓木上，卻像是焊接在地面上一樣沉重。現實世界的話可能已經閃到腰了。

「嗚咿……！為什麼……？」

脫掉的防具雖然幾乎都是皮革與布料，但全部都是高級裝備，所以應該有相當的重量才對。合計重量不可能比一把黑色鞭痕還要輕。

搞不懂狀況的我正坐在地上望著眼前的劍，突然就有了靈感。

「啊……難……難道是救濟措施嗎……？」

「到底是怎麼回事？」

我往上看著露出驚訝表情的亞絲娜並且說出推測。

「呃……雖然不清楚正確的時間點，但我們全部變成等級1，能力值也都遭到重置了吧？我一直以為那個瞬間防具之所以沒有超重，是因為它們全是皮革和布料的緣故……但愛麗絲的防具有許多金屬，坦克職業的玩家一定全身都是金屬吧。像這樣的傢伙在重置之後就因為超重而無法動彈的話實在太過分了。」

「……嗯，說得也是……」

「所以我覺得是救濟措施發揮作用，所以在重置時裝備著的武器和防具重量都會暫時減少，即使變成初期能力值也能繼續裝備。但是我們原本是把武器放在道具欄裡……」

「武器就不適用救濟措施，所以無法裝備……是這樣嗎？」

我對理解能力相當優秀的亞絲娜點點頭後，她便皺起眉頭來。

「咦，等一下喔。如果這個推測正確……桐人你剛才解除了所有防具……」

「Ｙｅｓ。」

以沉重的口氣這麼回答完，我就再次打開裝備視窗，從列舉在右側倉庫欄的裝備道具一覽表當中拖動主要防具「哈拉爾大衣」放到胴體部分。光圈出現，深灰色大衣開始實體化。

「哼啾！」

雖然早有心理準備，但還是無法承受加諸於全身的重量，我只能用雙手撐住地面。上半身就這樣趴下去的話看起來就像在對亞絲娜下跪認錯，所以我拚死抬起右手。雖然出現【強健技能的熟練度上升為2。】這樣的訊息，但我在心中咒罵了一聲「吵死了！」後就再次按下解除所有武裝的按鍵。像拷問器具的重量消失，我才鬆了一大口氣。抬起頭來……

「……事情就是這樣。」

露出微笑的瞬間，落雷就從後方打下。

「你是笨蛋嗎！」

並肩站在亞絲娜旁邊的愛麗絲晃動黃金鎧甲以食指指著只穿一條內褲跪坐在地上的我，繼續大叫著：

「為什麼在解除裝備之前沒有注意到這一點！這樣你有好一陣子都得維持這種丟臉的模樣吧！」

「唔嗯，哎，是這樣沒錯。」

一本正經地做出肯定後，我就迅速站了起來。

「但是只有我是犧牲者已經算很好了。連妳們都脫衣服的話就真的是悲劇了。」

「那個時候，在你幫我們準備好新的衣服前，我們都不會登入了。」

愛麗絲冷冷地這麼表示，亞絲娜聽見後就噗哧一聲笑了出來。竊笑了一陣子之後……

「你們兩個真是一點都沒變。」

才邊搖頭邊這麼說。看見她的反應後愛麗絲才終於解除斥責模式，但是問題仍未解決。

「劍不行嗎……如此一來……」

我將雙手環抱在胸前，開始思考了起來。

變成等級1，能力值遭到重置，道具幾乎消失，連ＵＩ都產生了變化，不過至少可以確定是ＶＲＭＭＯ世界——我心裡這麼想著。這一點是絕對無庸置疑的事實。但是說不定我們平常都省略掉的三個英文字母已經產生了變化。也就是從「ＶＲＭＭＯＲＰＧ」變成其他種類的遊戲。

「……Survival……」

我一這麼呢喃，兩名女性就一起露出疑惑的表情。

「咦，你說什麼？」

「說不定這是Survival Game……」

「……生存？你是什麼意思？」

這一個月左右已經學了不少神聖語，不對，應該說是英語的愛麗絲眨著金色睫毛這麼問道。

「是一種遊戲的類型。一般要是提到生存遊戲，在現實世界就是用空氣槍……嗯，遊戲用的槍來互相射擊的遊戲，但電腦遊戲也有這種類型的遊戲。也叫作Open world survival，生存條件變得比一般RPG更加嚴苛，很容易就會死亡，死亡後也得付出相當大的代價。」

「你說的生存條件是？」

「比如說，ALO在遊戲內就算一直不吃不喝也不會死亡吧？但是生存遊戲具備口渴與飢餓的參數，不喝水吃飯HP就會減少。啊，對了……」

這時候我終於發現存在於HP、MP下方的兩條長條有什麼用途。

「這藍色的TP條和黃色的SP條，應該一條是飢餓，一條是口渴吧。」

聽見我這麼說，亞絲娜立刻就回答：

「那麼TP應該是口渴，SP是飢餓。我想大概是Thirst Point和Starve Point的略稱。」

「原……原來如此。」

「唔嗯……」

往左上方瞄了一眼的愛麗絲，以手觸摸纖細的喉嚨並表示：

「……但是，我們為了收集圓木已經到處跑了好一陣子，從剛才到現在都沒有感覺到飢餓與口渴，兩條長條完全沒有減少喔。」

「我想這跟裝備重量一樣，仍處於緩衝期間。」

「哦？」

「生存遊戲基本上一死亡道具就會全部掉在現場，復活之後得前去回收才行。突然在沒有任何導覽的情況下被丟到這種陌生的世界，突然就因為餓死而失去所有道具實在太過分了……我想之後應該會先從ＴＰ條開始減少。雖然不知道會不會真的感到口渴就是了。」

自己在說明期間心情越來越沉重，最後只能雙手扠腰並且深深嘆了口氣。說起來現在的我只穿著一條內褲，愛劍與防具也都無法裝備。這樣實在不認為自己能夠活下去。

但是——

「就算是這樣，也不能繼續待在這裡鬧脾氣……」

我對自己這麼說道。

「到底是哪裡來的傢伙，為了什麼以如此粗暴的手段改變了世界呢……不查明真相的話我會死不瞑目，而且也要好好地把我們的房子恢復原狀才行。」

「桐人，這樣才有志氣啊。」

露出自傲笑容的愛麗絲，往我裸露的背部用力拍下。雖然不覺得疼痛，但還是反射性大叫了起來。

「好痛！」

「我不知道什麼生存不生存的，會飢餓與口渴在地底世界本來就是理所當然的事。看看周圍吧……附近就有河川，森林裡面應該有果實和野獸。要是在這種地方餓死，一定會被闇之國的哥布林們嘲笑。」

「…………呃，嗯，是沒錯啦……」

雖然還是對於可不可以把兩種情況相提並論感到沒有自信，但周圍的森林在資源上確實看起來比Underworld的黑暗領域豐富許多。從艾恩葛朗特分離的圓木屋也有可能掉落在火精靈領地中部那樣的荒涼沙漠，所以以生存遊戲的開始地點來說，這樣的條件絕對算不上惡劣。

我迅速挺直背桿，往上看著逐漸染上金色的天空。接著將胸口吸滿空氣，大聲地宣布：

「好……雖然還不知道遊戲名稱，但這款遊戲不是VRMMORPG而是VRMMOSVG。就算吃草我也要活下去，將來在這片土地建立起桐人帝國！」

女孩子們附和我發出「喔——！」的聲音——很遺憾地，沒有出現這種發展。

相對的，亞絲娜以十分微妙的表情呢喃：

「那個，桐人。我只要能夠守護這棟房子就心滿意足了……」

愛麗絲也以最為傻眼的表情冷靜地指謫我說：

「桐人，以那種模樣說些剽悍的發言根本沒有用啦。」

3

雖然生存宣言變得有些搞笑，總之重新打起精神來的我再次四處眺望著空地。

完全收納半塌狀態圓木屋的草地是呈直徑十五公尺左右的圓形。本來應該是被旋松的大徑木所包圍，不過現在西南方出現一條熱騰騰的直線新道路，道路前方則是大河。草地空著的地方堆滿一百五十根圓木，得先想辦法處理這些木頭才行。

我只有很久以前曾經用ＰＣ玩過一次生存系ＲＰＧ，尚未用完全潛行機器玩過這種遊戲，不過開盤時的定律還是一樣。首先要確保飲用水與食物，接著是獲得道具與素材、衣物與基地，然後以製作武器為目標。

但是緩衝期間不會感到口渴與飢餓，而且附近就有河川，之後再處理飲食問題應該就可以了。這麼一來，最先應該挑戰的就是最原始的道具——獲得小刀了。

「好，回河邊去吧。」

「咦？要去抓魚嗎？」

面對不停眨著雙眼的亞絲娜，我咧嘴笑著對她說：

「之後會這麼做吧，但在那之前還有事情得完成。」

在收拾完倒塌樹木的道路上小跑步前進，最後來到河岸邊。有大大小小、各式各樣石頭躺著的河岸，剛才只讓人覺得有點難走，但得知這是生存遊戲之後此處就是一座寶山了。我停下腳步，對兩人做出指示。

「盡量找出又重又硬的石頭。長大約三十公分左右，可以的話就找細長形狀的。」

「……了解了。」

我背對低頭開始步行的亞絲娜與愛麗絲，找起了其他物品。上方是平坦而且穩定的大石頭——也就是作業台。由於立刻就發現適合的岩石，我就隨手從腳邊撿起圓石，用力地在上面擊打。最初的一擊石頭就裂成兩半。如果這裡是一般的ＶＲＭＭＯＲＰＧ，受到破壞的石頭將會灑下光亮多邊形然後消失無蹤。但是滾落到作業台上的兩顆岩石碎片卻沒有消失的模樣。點了一下叫出屬性視窗，上面標記著【裂開的灰崩岩　武器／素材　攻擊力　打擊２·１８　耐久力５·４４　重量３·７１】等內容。

「嗚咿……竟然到達小數點以下嗎……」

當我繃起臉龐時，背後就傳來兩道腳步聲。

「這種的可以嗎？」「這個如何呢？」

亞絲娜放在作業台上的是一塊凹凸不平的灰綠色石頭。愛麗絲滾著的是一顆光滑的黑褐色石頭。尺寸與形狀都跟我指定的一樣。

以左右手同時舉起它們來測量重量。兩者都給人沉甸甸的縝密手感，而綠色的石頭稍微重了一些。不過黑色石頭似乎比較堅硬。

「我看看……」

我先把綠色石頭拿來當成素材，以左手將其固定在作業台正中央。右手舉起黑色石頭來瞄準目標。不論是在現實世界還是虛擬世界，像這種作業通常只要一猶豫就會失誤，所以我叫了一聲「預備！」後就用力往下敲。

隨著「喀滋！」的爽快聲響濺出橘色火花。畏畏縮縮地放開左手，就看見綠色石頭靜止了一會兒，最後從正中央破成兩半。斷面帶著些許光澤，邊緣也像是玻璃一樣銳利。

「很不錯喲……」

如此呢喃的我，同時以左手支撐破裂的其中一塊石頭，再次舉起黑石。瞄準斷面附近再次敲擊。但這次可能不夠用力，只爆出小小的火花。

「我說桐人啊。」

當我瞄準第三擊的目標時，站在作業台右側的亞絲娜開口說話了。

「我知道你想做什麼……但你那種模樣抓著石頭這麼做，總覺得……」

愛麗絲代替不知道為什麼用雙手按住嘴角的亞絲娜直截了當地指出重點。

「就像我前幾天在電視上看到過的尼安德魯人。要不要乾脆穿一件毛皮內褲算了？」

似乎再也無法忍耐的亞絲娜發出輕笑，愛麗絲也跟著她笑了起來。虧我像這樣穿著內褲如此努力，都是為了讓她們兩個人生存下去耶。

「喝、喝嗚喝喝、喝喝喝嗚！」

以自創的尼安德魯人語抗議之後，就像某種東西一瞬間潰堤一般，兩個人扭動身軀發出爆笑聲。聽著她們笑到肚子痛的聲音，我再次舉起右手的石頭。

「喝嗚！」

隨著喊叫敲擊的石頭準確地命中綠色石頭斷面旁邊，啪嘰一聲產生了直向的龜裂。薄薄的石片從該處脫落，掉落到作業台上。長三十公分，寬五公分，厚一公分……幾乎跟我想要的形狀一模一樣。

我把剩下來的石頭放到一邊，接著將石片橫放在作業台上。決定把變細的一邊當成尖端，另一邊當成握柄後，開始以黑色石頭慎重地敲擊。

因為這裡是虛擬世界，所以系統某種程度上應該還是會汲取我的意圖，幫忙將石片加工成我要的形狀。但就算是這樣我還是沒有鬆懈，持續仔細地敲打著，最後感覺……石片發出極短暫的光芒。

下一刻，眼前就出現系統訊息。

【獲得石工技能。熟練度上升為１。】

不論什麼時候，獲得新技能總是令人高興，但現在物品的完成度更令我在意。點了一下形狀類似成品的石片來叫出視窗。

【綠尖岩製簡陋小刀　武器／道具　攻擊力　斬擊７．82／突刺５．33　耐久力10．05　重量３．53】

「太好了！」

忘記尼安德魯語的我用力握緊拳頭。雖然寫著簡陋，但是攻擊力與耐久力都遠比剛才的「碎裂的灰崩岩」上升許多。這樣的話，應該能夠完成它的任務才對。

把小刀放在作業台角落後，就把似乎叫作綠尖岩的石頭拉到手邊，跟剛才一樣用黑色石頭敲打。剝落的碎片太小了所以直接丟掉，然後再次挑戰。挑戰數次後取了適合的石片，就開始細部加工完成第二把小刀。

可能是到這裡石工技能的熟練度已經上升到３，也可能是我的玩家技能獲得鍛鍊，第三把小刀立刻就完成了。剩下來的綠尖岩或許是體積已經小於可以拿來加工的物件了吧，所以變成光粒消失了。

我把完成的三把石頭小刀並排在作業台上。

不論是ＶＲ遊戲還是非ＶＲ遊戲，武器和道具基本上都是「名字相同形狀便相同」。因為是生產數個同樣的物件，所以這也是理所當然的事，但是就連些許凹陷與傷痕都完全一致的話，像這樣把它們排在一起就會有種奇妙的感覺襲上心頭。

但是現在排在我眼前的三把小刀，不論大小和形狀都完全相同，不過細部的裂痕與凹陷處、傷痕以及微妙的色澤都全然不同。叫出視窗來觀看，就發現名稱雖然全部都是「綠尖岩製小刀」，但是攻擊力與耐久力的小數點單位都不一樣。

「嗯……」

發出沉吟聲的我先看了一下滾落在腳邊的無數石頭，接著抬頭看向頭上的晚霞。

如果是伺服器裡只有幾把的稀有武器也就算了，連最低等的石頭小刀都準備了三種以上的物件檔案，以遊戲的精細度來說確實令人佩服，但狀況的危險度也變得更高了。就算The seed是相當優秀的開發支援套件，幹出這種事的話將會讓開發費用直達天際才對。也就是說，至少可以推測出把我們這些ＡＬＯ玩家拖進這款生存遊戲的某個人，並不在乎商業上的損益得失。

就像製作出Underworld的菊岡誠二郎，以及製作出艾恩葛朗特的茅場晶彥那樣。

「桐人，對於完成品不滿意嗎？」

突然有人窺看我的臉龐，回過神來的我就抬起頭來。我把不祥的想像擺到一旁，不停搖著頭說：

「沒……沒有啦，不是這樣。嗯……對了，我是在想還能不能把這個再稍加升級……」

立刻這麼回答完後，我自己也覺得確實有一試的價值。生存遊戲裡頭，加工與改造是生產的重要要素。我環視周圍，以剛完成的石頭小刀割取從石縫裡長出來的一株細長小草。讓亞絲娜拿著捆起來的一頭後，開始動手轉動。到達底部之後整束小草就像剛才的刀子一樣發出亮光，視界出現新的訊息。

【獲得紡織技能。熟練度上升為1。】

想著「好啦好啦等一下會好好檢查」的我消除視窗，點了一下剛做好的草繩。

【天根草製簡陋草繩　道具／素材　耐久力4．10　重量0．65】

雖然還是有簡陋兩個字，但只要能用就好了。我從作業台上拿起一把小刀，把草繩緊緊纏在握柄的部分。正如我的期待，纏完的同時又發出跟之前一樣的光芒，明明沒有特別打結，草繩就自己跟小刀一體化了。擊點成品之後——

【綠尖岩製簡陋捲繩小刀　武器／道具　攻擊力　斬擊7．82／突刺5．33　耐久力15．82　重量4．18】

「就是這樣。」

把屬性視窗顯示給亞絲娜她們看之後，兩個人就用有點佩服的表情點點頭。

「原來如此，升級後耐久力就增加了嗎……」

「不過重量也略增了一些。」

我原本期待能夠獲得一點掌聲，但亞絲娜和愛麗絲面面相覷後就同時開口表示：

「好麻煩喔！」

「實在太麻煩了！」

讓兩名嫌麻煩的女孩子製作追加的細繩，在兩個人也習得紡織技能之後，我們的右手就各自緊握著小刀回到圓木屋前面。

回過神來才發現，晚霞的暗紅色已經來到草地正上方。不到一個小時之內天色就會變暗了吧。想在這之前收集完所有修復用素材是不可能了，不過至少想完成圓木的處理工作。

這樣應該沒問題了，我一邊這麼對自己說道一邊把左手靠在附近的圓木上，然後將右手的石頭小刀插進粗糙的樹皮裡。全力移動刀子後，大片樹皮就隨著「嗶哩嗶哩」的清脆聲音剝落，掉落到地面後消失——沒有消失。才剛產生疑問，眼前就有視窗打開。

【獲得木工技能。熟練度上升為1。】

由於早就預料到會有這種情形，我立刻就消除視窗，先不理會地面的樹皮，持續動著小刀。如果是在現實世界，拿著跟石器差不了多少的小刀來剝這種尺寸的圓木，就算花上一整天應該也無法完成了，但是虛擬世界只要「做法」正確，過程……大多就會獲得簡化。輕輕鬆鬆就剝下厚厚的樹皮，短短一分鐘漆黑的「旋松的原木」在發光後就變成了象牙白的圓木材。

光艷的內皮裡有無數螺旋狀淺溝巡梭，我想著這應該就是旋松這個名字的由來並且點了一下表面。浮現的視窗裡，顯示的道具名稱變化成「古老旋松經過製材的圓木」。修復房子的視窗裡沒有指定樹種，所以這樣應該滿足了要求才對。

「兩位知道怎麼做了吧？」

回頭一問之下，亞絲娜和愛麗絲就一起點了點頭。

「那麼就把它們全部解決掉吧。」

我們再次互相點頭，然後開始作業。三個人分頭進行的話，一百五十根圓木應該也只要五十分鐘就能處理完畢。

只不過事情並非這樣就結束了。需要的道具除了經過製材的圓木之外，還有七十五片經過製材的木板、薄鐵板兩百片左右、大量的鐵釘還有油與玻璃之類的東西……在夜晚來臨前要湊齊這些東西是絕對不可能了。木板倒還容易，要從頭製造鐵板與鐵釘，需要各式各樣的材料與高級的設備、道具與技術。

當我剝著樹皮發出啪嘰啪嘰的聲音時，內心也大叫著「好想看攻略網站啊！」。以自己的腳到處奔走來收集情報，和同伴一起絞盡腦汁來達成目的才是RPG的醍醐味——平常都是這麼認為，但在圓木屋的壽命只剩下半天的狀況下，真的連貓都想抓來幫手了。不對，三個人裡面真的有一隻貓（貓妖）就是了。由於推測「連貓妖都想抓來幫手」這個搞笑哏應該從ALO開始營運當天就被用爛了，所以我還是決定不在這裡拿出來用。

我的腦袋裡想著這些沒有營養的事情，同時不斷動著右手剝樹皮。作業本身相當順利，但擔心的是拚命使用右手上的石頭小刀後，其耐久力不知道還剩下多少。因為怎麼說都是「簡陋品」，僅僅只有十五的數值隨時都可能會歸零。雖然停下手觀看屬性視窗剩下來的數字就能立刻得知，但就算知道也沒有能讓它撐久一點的方法，所以只能祈求它爭氣一點，然後專心一志地剝著樹皮。眼前有時候會出現視窗，通知我木工技能的熟練度上升了，於是我就把它當成心靈的支柱來不停動著手。

原本估計大約是五十分鐘，或許是次數累積之後變熟練了吧，經過四十二分鐘左右就來到最後一根圓木。亞絲娜與愛麗絲在稍早前結束第五十根的剝皮工作，雖然對於我是最後一名感到有些無法接受，但還是一邊感謝幫忙拚到這個地步的石頭小刀，一邊一口氣剝除剩下的樹皮。

原木發出閃光變成圓木材後，我立刻就擊點石頭小刀。打開的視窗裡，記錄著的耐久力數值是0·46。

「哦，桐人的也快撐不住了嗎？」

從視窗旁邊窺看的愛麗絲，這麼說完就打開自己小刀的視窗給我看。她這邊竟然只剩下0·13。

「看來捲繩子是正確選擇～」

亞絲娜在愛麗絲身邊露出燦笑，但是笑容立刻就消失了。應該是想起系統要求的六種材料裡面，好不容易才收集到第一種而已。而且眼前的圓木並非自力採伐，而是落下的小島幫忙把它們掃倒。要收集剩餘的十二根以及製作木板的原木，就必須從製造斧頭之類的工具從頭開始。

「……還有十二小時……」

這時我只能對以不安口氣如此呢喃的亞絲娜宣告更加殘酷的事實。

「……而且明天是星期一喔……」

「啊！」

看來亞絲娜果然忘記了，她以愕然的表情瞪大了雙眼。如果明天是星期六或者星期日，或許就能直接熬夜繼續收集素材，但是我也就算了，對於「好人家的大小姐」亞絲娜來說，乾脆潛行到上學之前的門檻實在太高了。好不容易才與嚴格的母親和解，這時候要是被發現熬夜，不知道會有什麼後果。

我輕輕把手放在茫然佇立原地的亞絲娜肩膀上，以帶著最誠摯感情的口氣表示：

「別擔心啦，我要是被父母親發現也只要下跪認錯就可以了，今天晚上會想辦法湊齊剩下的材料，拯救圓木屋給妳看。亞絲娜妳就相信我，好好地等待吧。」

「我當然也會陪他。因為我在明天傍晚前沒有其他行程。」

愛麗絲也笑著加了這麼一句，但亞絲娜的表情看起來還是很憂鬱。

「……但是……鐵板和玻璃之類的，沒那麼簡單就能製作出來吧？三個人拚到最後一刻還是來不及的話也只能放棄……但是我先登出，把最困難的部分推給你們兩個人實在……」

「…………」

我把差點再次說出口的「別擔心」吞了回去。

今天如果立場相反，我即使就此登出也會因為過於在意而徹夜難眠吧。實際上，我只能說十二個小時要收集完所有材料的機率相當低。要在這種狀況下逼迫……不對，是把亞絲娜趕出去的話，我寧願她一直待在這裡。但是……

「唔唔～～嗯……」

腦袋想到快要冒煙的我在接近無意識的狀態下提問：

「……伯母……京子小姐是如何掌握亞絲娜的潛行狀況？」

「呃，應該是從主伺服器的管理畫面就能看到了。當然現在沒有受到監視了，但是媽媽會工作到很晚……要是一時興起看一下管理畫面就會立刻被發現。」

「唔嗯，原來如此……好，這我來解決吧。」

「咦……咦咦？你要怎麼做？」

我對大吃一驚的亞絲娜咧嘴一笑。

「哎呀，只能說敬請期待嘍……反正呢——晚餐的時候一定得先登出吧？」

「是啊……七點到七點半之間吧。」

「這樣的話，我也一起在這段時間登出吧。等一下傳訊息給妳。」

「嗯……」

亞絲娜雖然點頭，但還是用帶著憂慮的眼神看向圓木屋，然後直接沉默了下來。

左側的牆壁完全消失，天花板出現大凹陷，地基整個扭曲的自宅，光是看見它那種模樣就會感到一陣心痛。像站在這裡的現在，只剩下三分之一的耐久力也一點一滴地持續減少著。

原本打算再次跟亞絲娜說「不用擔心」，但是在我開口之前。

「我的機械身體也快點能夠吃東西就好了。」

由於愛麗絲按住虛擬角色的肚子並說出這樣的發言，我和亞絲娜只能不停眨著眼睛。

「咦……妳說吃東西，是指一般的麵包、米飯或者漢堡之類的嗎……？」

我忍不住這麼問道，貓耳騎士則是一臉理所當然般點了點頭。

「那還用說嗎？據神代博士與比嘉表示，開發已經有一定的進度。味覺感應器的調整好像還得花不少時間就是了。」

「哇……！」

好不容易露出笑容的亞絲娜，邊對愛麗絲伸出右手邊大叫：

「那麼等愛麗絲在現實世界也能吃東西，就在Dicey Cafe舉行慶祝派對吧！我會做很多好吃的菜！」

「這真是誘人的邀約。我會催促比嘉早點完成。」

我看著微笑互相點頭的女性，內心只能祈禱著「比嘉先生加油吧」。

回過神來才發現空氣染上深紫色，星星開始閃閃發亮。時間是下午六點五十分——終於要首次登出這個謎樣世界，不過在那之前還有一件事要做。

我和亞絲娜、愛麗絲各自把分成十座小山的「經過製材的古老旋松圓木」放進道具欄裡。空間全滿之後就衝進圓木屋，直接移動到設置在客廳牆邊的巨大裝飾箱——自宅倉庫欄裡。即使建築物本身的壽命不斷減少，它依然是玩家小屋，萬一在登出期間有除了我們之外的玩家發現這間房子，不要說搶走重要的圓木了，他們根本沒辦法進到這間房子來才對。

將一百五十根圓木全部收納到房子裡，順便將從原木上剝下來，仍不知道有什麼用的大量樹皮也放入倉庫欄裡保管，草地就變得相當乾淨。再把最後剩下來的，各自變成無法裝備的主武器收進倉庫欄，然後跑回圓木屋客廳。這時候的時間是下午六點五十五分。

——下一次登入時，得想辦法弄到新防具……至少也要製作衣服了。

往下看著自己只穿一條內褲的虛擬角色並且下定決心，接著我就看向愛麗絲與亞絲娜。

「那三十分鐘後見。」

「……嗯。」

雖然尚未跟亞絲娜說明我的祕策是什麼內容，但細劍使還是堅強地這麼回答。愛麗絲也默默地點了點頭，於是三個人就一起叫出環狀選單。選擇左上角的系統圖示，從出現的副選單當中，按下畫著一扇門的登出圖示。

發出「嘰鈴鈴」聲音出現的確認視窗，顯示著不在安全空間裡登出的話，有可能會在離線中死亡的警告，但既然待在玩家小屋內，就沒有比這裡更安全的地方了吧。

按下視窗下部顯示打勾圖案的承諾鍵，確認視窗上的文字列就產生了變化。

【從「Unital ring」裡登出。】

「Unital……ring？」

下意識中如此呢喃的內容，正是首次見到的這個世界的名稱。

這裡果然不是阿爾普海姆了。是被全新系統所支配的未知世界。

七彩光環從腳底下浮上來包裹住我的虛擬角色，五顏六色的流線隨即覆蓋住夕陽的景色。全身籠罩在浮遊感中，重力的方向產生變化——

即使真正肉體的感覺回來了，我還是沒有立刻張開眼睛。

軟墊推著背部的彈力，枕頭裹住頭部的柔軟度、雙手觸碰到的軟墊顆粒纖維感。這些全部屬於我熟悉的床鋪帶來的感覺。看來登出能正常發揮機能。

放下心來的我正想張開眼睛時才注意到。

腹部附近似乎特別沉重。而且身體側面也有壓迫感。

——被綁起來了？

我急忙拔掉頭部的AmuSphere並且瞪大雙眼。下一刻……

「啊，起來了！」

就有這樣的聲音降下。

我沒有被綁起來。是有人跨坐在我的肚子上。由於房間略顯陰暗，所以看不清楚該名人物的臉，但這個世界上只有一個人會做這種事。

「……那個，直葉小姐？」

呼叫妹妹的名字之後，我就先開口問道：

「妳在那裡做什麼？」

「還問做什麼，馬上就要吃飯了，我是來叫你的！」

穿著運動服的直葉鼓起臉頰，伸出右手拉著我的瀏海。

「因為搖晃你的身體也完全沒有醒過來，差點就要把你的AmuSphere扯掉了喔。搖得那麼用力的話，就算在戰鬥中也會注意到吧。」

「沒有啦，我不是在戰鬥……嗯，完全沒有搖晃的感覺耶。應該說，不必用這麼原始的方法，直接傳訊息給我就可以了吧。」

ALO允許與外部網路連線，所以可以在遊戲內搜尋，或者是傳遞電子郵件與短訊。但是直葉在維持氣鼓鼓表情的狀態下提出反駁。

「我傳了喔，而且是兩次！但等了幾分鐘都沒有回應，只好動用武力了！」

「咦，真的嗎？我沒收到耶。」

「太專心於狩獵，根本沒聽見收到訊息的鈴聲吧？唉～如果能早一個小時回來就可以參加了。莉茲小姐說要告訴我提升技能的祕密地點啊……」

「我也接到邀約了，莉茲的電子郵件確實有寄給我。我想應該是系統故障之類……」

話說到這裡，我才終於注意到。

收不到直葉的電子郵件不是因為系統故障。因為那個時候遊戲系統已經切換了。從熟悉的ALfheim Online變成充滿謎團的生存RPG「Unital ring」。看來UR——不知道這是不是正式簡稱——對於外部連線不像ALO那麼寬容。

「……小直，妳沒有潛行或許是正確的選擇喔。」

我以呢喃的口氣這麼說完，妹妹就不停眨著雙眼。

「這是什麼意思？」

「嗯……沒辦法用一句話來說明，不過裡面發生不得了的事情……」

「不得了？被火精靈襲擊之類的嗎？」

「不是這種小事喔，實際上我也還……」

準備說「不清楚發生什麼事」的我突然注意到。亞絲娜和愛麗絲應該都跟我一樣正常登出了，那麼發生異變時待在艾恩葛朗特第四十五層的莉茲、西莉卡以及結衣是否平安無事呢？

運用腹肌撐起身子後，原本像是處於綜合格鬥技跨坐狀態的直葉就往後滾，變成了防禦狀態。

「哇呀！」

不理會發出悲鳴並且不停踢動雙腳的妹妹，從桌上抓起Augma後戴了上去。剛起動機器就大叫：

「結衣，妳在嗎？」

但是沒有任何反應。應該還在ＡＬＯ……不對，是Unital ring裡面。雖然也可以操作結衣的主程式所在的ＰＣ，強行切斷與遊戲的連線，但我通常會極力避免對她做出強制的行為。

「到底是怎麼回事……」

咬緊牙根後才終於注意到一件事。

既然能夠像這樣登出，就表示Unital ring和過去的SAO不同，並非與現實世界完全隔離。我記得應該是下午五點左右發生異常現象，然後現在已經快要七點。這兩個小時裡應該有許多ALO玩家登出，然後對營運公司發出詢問並且在網路上交換情報了。

手指在Augma顯示的虛擬桌面上滑動，想先連線到國內使用者最多的網路遊戲情報網站「MMO Today」去。

但是以漂亮的後翻動作離開床鋪的直葉，立刻像門神般站在我旁邊，用力抓住我的上衣。

「說過要吃飯了吧！媽媽今天做了哥哥喜歡吃的菜喔！」

一聽她這麼說，實在很難表示「我等一下再吃」。沒辦法的我只能在戴著Augma的情況下站起來。

離開房間後，一邊在走廊上行走一邊確實打開瀏覽器。首先檢查是否收到ALO營運公司YMIR的通知，不過並沒有收到。接著連線到MMO Today，一看見熟悉首頁的瞬間，我就忍不住發出怪聲。

「唔啊……！」

走在前面的直葉以疑惑的表情回過頭來。

「怎麼了？」

只是我不但無法開口，甚至連妹妹都沒辦法看。全身就像石頭一樣僵硬，視線緊緊黏在首頁的新聞標題上。

【一百款以上的ＶＲＭＭＯ世界發生大規模障礙。】

不只有ＡＬＯ而已。

恐怕所有The seed連結體都發生那種異常現象了。

4

——珪子，妳腦子有點問題喲。

說出這句話的是上星期在車站前面偶遇的小學時期的朋友。兩人最後決定一起去喝飲料，當雙方互相報告近況時，終於提到關於ALO的事情。

朋友的表情相當認真，並非在揶揄或者是對她感到幻滅，而是打從內心在為她感到擔心。但就算是這樣，綾野珪子／西莉卡也只能露出曖昧的微笑。因為她已經多次從雙親以及心理諮詢師那裡學習到，越是拚命說明反而會讓隔閡變得更大的事實。

——被捲進那種事件，在床上躺了兩年，卻還是在玩VR遊戲，腦袋真的有問題。

從客觀的角度來看，朋友所說的應該是正確的意見吧。所有SAO生還者裡，有許多人都憎恨囚禁自己的VRMMO遊戲與完全潛行技術，無論如何都不願意再接近它們了，而珪子也不會反對他們的看法。實際上，珪子就讀的歸還者學校裡也有許多揚言一輩子都不會再玩VR遊戲的學生。

但珪子不願意這樣。

只是這麼一點小事，為什麼不能讓自己隨心所欲呢？

就算是這樣，我還是喜歡完全潛行遊戲……面對如此呢喃的珪子，朋友又繼續要她說明無法放棄的理由。學校的心理諮詢師也這麼說過，而且也被雙親問過了。

但就是無法說明。因為珪子本身也不清楚一直在胸口深處綻放光芒的焦躁感究竟是從何而來。雖然對於擔心這個不孝女兒的雙親感到很抱歉，但也打從心底感謝他們不強制自己遠離ＶＲ遊戲，因此並不想說出刻意造假的理由。

有某種東西。

追根究柢的話，就只是因為這樣。

完全潛行遊戲……ＶＲ世界裡有某種不停吸引珪子的東西。雖然想知道那究竟是什麼，但就算不知道也無所謂。只不過是想感覺那某種存在。今後不論發生什麼事情也一直會是這樣。

雖然內心下了這樣的決心——

「……實在沒想到會有這種發展啊，畢娜……」

西莉卡一這麼呢喃，坐在她頭上的藍色小龍就發出「啾」的叫聲。在稍遠處搓著枯草的莉茲貝特抬起頭來，問了一句「妳說話了嗎？」。西莉卡急忙搖搖頭並回答：

「沒有，沒什麼喔。」

「這樣啊……」

平常的話莉茲貝特應該會追問下去，但現在只是微微點頭就回歸單調的作業。就連她也應該很累了吧。在她身邊專心動著雙手的黑髮少女露出燦爛笑容來幫大家打氣。

「加油吧，莉茲小姐！再做二十二條繩子以及十六束枯草，然後撿四十五根強韌的樹枝就完成材料收集了！」

「……說……說得也是……」

面對同伴直接提出的具體數字，莉茲貝特一瞬間露出了虛無的表情。

三個人圍成圈所坐的地方是在懸崖底下找到的凹陷處。雖然不像洞穴那麼深，但長有三公尺，天花板的高度也有兩公尺左右，空間足夠當成臨時的基地了。而且深處牆壁的裂縫還不停地滲出地下水。三個人中央可以看見以枯枝燃起的小小營火正在晃動。

周邊一帶是乾燥的荒野，移動到這裡之前沒有發現任何水源。雖然地下水只能以兩秒一滴的速度滴落，但在「口渴值」隨時可能開始減少的狀況下也不能要求太多。得盡快在這裡築起生存的據點才行。

應該是因為類似的想法而重新打起精神了吧，莉茲貝特用雙手拍了一下自己的臉頰。

「嗯，好不容易才活到現在！不能沮喪要繼續努力喔，西莉卡！」

突然被叫到名字的西莉卡拿起剛完成的繩子反駁：

「我一直很努力啊！這已經是第十四條了！」

「啥麼～我不會輸給妳！」

莉茲貝特開始以猛烈的速度動起雙手後，黑髮少女——人工智慧結衣就用力對著凹陷外的夜空舉起可愛的右拳。

「就是這股拚勁，莉茲小姐、西莉卡小姐！」

從襲擊ＡＬＯ的莫名大異變——浮遊城艾恩葛朗特的落下與遊戲系統的改變到現在已經過了三個小時。現實時間是晚上八點。

當艾恩葛朗特失去浮力而開始掉落時，西莉卡、莉茲貝特以及結衣正一起待在第四十五層邊緣的某座溪谷裡。該處會出現揹著岩石外殼的蝸牛型怪物，其防禦力雖然高但攻擊力卻很低，所以相當適合提升技能。

順利提升武器技能，為了等待預定要跟她們會合的桐人順便休息而準備離開山谷時，地面就產生劇烈震動。急忙張開翅膀飛起來的西莉卡等人，沒有注意到浮遊城開始落下而猛烈撞上上層底部。

根據結衣的指示好不容易從外圍開口部來到外面，拚命地想要離開城堡，但是飛行不到一百公尺艾恩葛朗特就在背後猛烈地撞上地面，引起了宛如通古斯大爆炸一般的事件。在西莉卡抱著畢娜，莉茲貝特抱著結衣的情況下被吹飛到空中，然後墜落到某個不知名的不毛荒野。

花了十五分鐘左右才確認兩人並非在火精靈或者闇精靈領地、兩人的能力值完全被重置、除了主武器與防具之外失去所有道具與背後的翅膀，以及結衣身為導航妖精所有的能力全部遭到剝奪等事情。之後又發生了各種狀況，不過三人一獸為了尋找水源與基地而在荒野裡徘徊，在一個小時前發現這個崖下的凹陷處。

這時候西莉卡與莉茲貝特已經登出過一遍了，順道上廁所以及補充水分後，確認這個新世界並非像ＳＡＯ那樣是無法脫離的死亡遊戲。但這時候也發現新的問題。這個世界也跟ＡＬＯ一樣，在屋外登出的話虛擬角色有一定時間會殘留下來。

凹陷處周邊有強大到實在不像初期怪物的巨大蠍子與土黃色惡狼在徘徊，萬一只是空殼的虛擬角色遭到襲擊，一定瞬間就會死亡了吧。在了解這個世界的「死亡」究竟有什麼意義之前——是單純回到復活地點，或者有經驗值與所持金錢減少以及掉寶等死亡懲罰，又或者會被課以更嚴苛的罰則——還是想極力避免ＨＰ歸零。

因此三個人就以獲得登出前顯示的【不在安全空間裡登出的話，有可能會在離線中死亡】的警告文裡所寫的「安全空間」為最初的目標。莉茲貝特發動偶然發現的「初級木工技能」後，發現製作選單裡的建築物類只顯示了一個「簡陋小屋」的選項。

「……話說回來，第四十八層一開通就打算買一棟跟ＳＡＯ時期一樣的兩層樓附水車的房子，結果現在變成『簡陋小屋』嗎……」

莉茲貝特這麼抱怨並看向凹陷處外面。這時候太陽已經下山，荒野裡看不見任何亮光。

「艾恩葛朗特不知道怎麼樣了……」

西莉卡剛呢喃完，結衣就停下作業中的手，邊伏下長睫毛邊說：

「艾恩葛朗特剛掉落到地面的瞬間，我還可以讀取廣域地圖檔案……從第一層到第二十五層已經完全損毀了。」

一聽到第二十五層的瞬間，西莉卡就猛烈吸了一口氣。旁邊的莉茲貝特也因為驚嚇而震動了一下。不過結衣卻很冷靜地繼續說明：

「免於全毀的樓層似乎也出現部分崩壞。另外，我還感應到在艾恩葛朗特內部的ＡＬＯ玩家約一千兩百人，在落下的同時就幾乎全部死亡了。」

結衣的沉重發言，讓西莉卡只能夠默默瞪大了眼睛。

原本還殘留了一些「或許全部是驚喜活動的前導演出」這樣的心情，但是有一千名以上玩家死亡的話，這種可能性就完全消失了。雖然推測現在仍是「緩衝期間」，所以死亡者不會受到什麼嚴苛的懲罰就會復活，但就算是這樣，這很明顯已經超出活動演出所能允許的範圍了。

莉茲貝特以有所顧忌的口氣對再次開始搓起草繩的結衣問道：

「那麼結衣……那個，我們無法飛行的時候，妳的各種能力也同時消失了吧？」

「是的，正是如此。」

身穿白色洋裝的少女輕輕點頭。

「那個瞬間，正確來說是九月二十七日十七點五分，同時有好幾個現象發生。首先從五分鐘前開始顯示在天空的六角形文字列消失，包含UI在內的所有系統遭到變更，我的系統存取權限被剝奪，虛擬角色也從妖精型被變更為人類型。現在的我跟兩位一樣是玩家，完全沒有特別的能力……」

當結衣悄然垂下頭時，西莉卡就以全力伸直的左手靜靜包裹住她的右肩。

「沒關係啦，結衣。一定可以找到恢復的方法。」

「……嗯，對不起讓妳擔心了。」

輕輕低下頭來的AI少女，吞吞吐吐了一陣子後才說出意外的發言。

「其實……我對這種狀況有點感到高興。」

「高……高興？為什麼？」

「現在的我可以持有道具，也可以裝備武器和防具，而且也有HP條。HP歸零的話，我應該也會跟兩位一樣死亡吧。雖然仍不知道之後會怎麼樣，但我是第一次獲得VRMMO遊戲玩家……跟兩位以及爸爸媽媽同樣的身分。雖然HP減少很恐怖，但這種恐怖對我來說也是很新鮮且有趣的感覺。」

結衣的話對西莉卡來說似乎有點難懂，但同時也有種很了解她心情的感覺。

結衣至今為止一直——不論是在ＳＡＯ還是ＡＬＯ，甚至是Ordinal Scale事件、Underworld的異界戰爭的時候，某種意義上來說都只是一個旁觀者。但是在這個充滿謎團的「Unital ring」世界就不一樣了。人類尺寸——不過身高比嬌小的西莉卡更矮——的虛擬角色得到ＨＰ、ＭＰ、ＴＰ、ＳＰ等四條狀態條，口渴了、肚子餓了、受傷了的話ＴＰ、ＳＰ以及ＨＰ就會減少。現在結衣不是旁觀者，算是這個世界的主角之一了。

「……那就得快一點幫結衣找到好的武器與防具才行！」

莉茲貝特把剛完成的繩子像劍一樣舉起來，這麼說道。

西莉卡她們現在身上還穿著ＡＬＯ裡裝備著的武器和防具。所以才能擊退荒野裡襲擊過來的蠍子與避日蛛，但是結衣裝備在身上的只有一件單薄的洋裝，幾乎沒有任何防禦力。加上如果目前正如結衣所推測的處於緩衝期間，在緩衝期結束的同時西莉卡與莉茲貝特的武器也很可能會因為超重而無法裝備。得快點準備三人份的武器與防具才行。

「在那之前，得先確保住居喔！」

西莉卡如此提醒之後，莉茲貝特就發出充滿自信的笑聲。

「我這樣就完成二十根了。」

「咦……什麼時候超越我了？」

西莉卡心裡想著「不愧是生產職」，同時拚命動著雙手。把枯草從這一端搓到另一端後全體就發出細微閃光，然後確實變成繩子。結衣幾乎在同時完成作業，這樣製作小屋需要的道具當中，六十條「五浦草的簡陋細繩」應該就完成了。

擊點了剛製作好的繩子，打開屬性視窗一看之下，發現道具名與耐久度計量表底下有簡單的說明文。

【由生長在荒地的五浦草搓成的簡陋粗繩。雖然堅韌但是不耐潮濕。據說巴辛族會把它煮來吃。】

「……這就表示，用其他的草來製作繩子的話，性能也會跟著變化吧……」

西莉卡這麼呢喃，仔細盯著視窗的莉茲貝特就低吟道：

「嗯，應該……是吧。嗚咿，這個遊戲真是麻煩……還有我絕對不想吃這東西……」

「兩點我都同意。」

這樣的對話讓結衣發出輕笑聲。雖然文中的「巴辛族」這個名詞令人有點在意，但還是把它連同視窗一起從腦袋裡消除，專心於眼前的要事上。

「嗯，之後是十六束枯草以及……」

「四十五根強韌的樹枝。看來又得去收集素材了。」

莉茲貝特以憂鬱的表情看向凹陷處外面。

一般來說，VRMMORPG裡就算是夜晚，屋外也不會真的是一片黑暗。SAO和ALO裡經常有最低限度的環境光照亮練功區，至少能夠充分分辨出地形，但這個世界的夜晚就跟現實世界一樣暗。在沒有照明的情況下到外面去的話，就算跌到四處可見的懸崖底下也一點都不奇怪。

莉茲貝特突然伸出右手，詠唱熟悉的字眼。

「艾克．斯卡帕．留薩。」

這是ALO裡許多玩家都記在腦袋裡的初級光明咒語。但是手掌前方當然沒有出現光球，甚至連失誤時的黑煙都沒有冒出。嘆了口氣的莉茲貝特，回過頭來聳了聳肩說：

「這個世界應該也有魔法吧？」

「既然有MP條，大概是有吧……但是不知道該怎麼使用就是了……」

西莉卡也舉起雙手，但立刻就啪噠一聲放到膝蓋上。

雖然有許多玩家能夠使用魔法的VRMMORPG，不過發動方法大致上可分為三類。不是像ALO這樣開口詠唱咒語，就是以手或者魔杖來做動作輸入，又或者是更簡單地從魔法書與全息視窗選擇。要瞎猜咒語與動作來輸入幾乎是不可能的事情，而且現在更沒有魔法書在身邊。

「我想大概有能夠教導魔法技能的NPC或者類似的存在。在發現之前都無法使用魔法了。」

西莉卡輕點一下頭來同意結衣的話。

既然不能使用魔法，那就希望可以等到外面變亮，但這個世界如果跟ALO一樣一天是十六小時制的話，距離天亮就還有六個小時，如果是二十四小時制就得等十個小時的時間。緩衝期間很可能在這段時間內結束，所以現在只能冒險從凹陷出來到外面收集剩下來的素材。

西莉卡伸出右手，從微弱的營火裡抽出一根較長的樹枝。然後以左手點了一下前端晃動著微弱火焰的樹枝。

【燃燒的細枝　武器／素材　攻擊力　打擊0・43／炎熱0・37　耐久力1・44　重量0・69】

注視著耐久力數值，發現上面的數字每兩秒會減少0・01。計算起來，樹枝不到五分鐘就會燒完。至少得撐到兩倍長的時間才能夠拿來當成照明，而且亮度也相當靠不住。

「嗯……火把和一般的樹枝有什麼不同啊？」

聽見西莉卡的問題後，莉茲貝特就歪起了脖子，最後是由結衣流暢地做出解答。

「將沾了助燃劑的布捲到樹枝上才叫火把。」

「助燃劑……？」

「就是油或者樹脂。日文火把的漢字之所以寫成『松明』，據說就是因為日本大多使用松脂的緣故。」

聽完這個說明的莉茲貝特，就以啞然的表情開口問道：

「結衣，這是妳剛才搜尋的嗎？」

「不，現在的我無法連接外部網路……是保存在主記憶體領域的情報。」

「呼哇……」

發出感嘆的聲音之後，莉茲貝特就來到結衣身邊，以雙手搔著她嬌小的頭部。

「結衣果然很厲害！就算沒辦法導航也非常可靠。所以妳可以驕傲一點喲！」

「耶……耶嘿嘿……」

結衣先是露出有些複雜的微笑，然後才歪著頭說：

「……但是就算知道松明的由來，對於這種狀況也沒有什麼幫助……因為這裡沒有松脂也沒有布……」

「沒這回事喔！」

堅定地說完後，莉茲貝特就蹲下來把製作草繩時散落一地的雜草收集起來。然後把它們捲到仍未點燃的樹枝前端。結束之後，樹枝就發出閃光。看著屬性視窗的莉茲貝特興奮地握緊右手。

「看吧，枯草也可以成為助燃劑！道具名稱是『簡陋的火把』，不過燃燒的時間還是比普通樹枝久吧。」

「喔喔，以莉茲小姐來說算是很了不起了！」

只拍了兩下手後，西莉卡就以同樣的程序製作出火把。然後利用營火將其點燃，發現果然比剛才的樹枝亮多了。

「這樣的話，應該可以繼續收集剩下的材料了！」

「對吧。好～讓我們快速收集完剩下的枯草與樹枝吧！」

氣勢十足地舉起自己的火把，往凹陷處外面走了兩步後，莉茲貝特就迅速轉過身子。

「等一下，西莉卡。剛才的『以莉茲小姐來說』是什麼意思？」

「反應也太慢了吧！」

西莉卡一這麼大叫，結衣就發出「啊哈哈哈」的快活笑聲，西莉卡頭上的畢娜也「啾咿！」一聲叫了起來。

凹陷處周邊的荒野上雖然沒有綠色植物生長，但是四處可以看到邊緣呈鋸齒狀的尖形枯草——就是剛才的五浦草——以及骨頭顏色的枯木，因此收集素材不是太困難。只不過，銳利物只有西莉卡裝備著的短刀，所以由西莉卡負責割草，莉茲貝特則是專心以愛用的鎚矛敲斷枯木的樹枝。結衣主動表示要幫忙拿火把，不過還是得快點幫她準備武器才行。至於身為ＡＩ的她能否像玩家一樣戰鬥——等那個時刻來臨就會知道了。

西莉卡和舉著簡易火把的結衣並肩走在一起，發現五浦草就用左手從根部一把抓住。然後以右手的短刀將其整株割斷，直接丟進道具欄裡。

西莉卡使用的短刀「伊蘇斯雷達」是從幽茲海姆獲得的神兵，原本還附加了冰屬性追加傷害以及提升能力值與抵抗值等大量特殊效果。但是看了屬性視窗之後，現在只有斬擊屬性的物理攻擊力，其他的性能似乎全都消失了。即使如此，攻擊力的數值還是與木棒有天壤之別，所以現在也只能倚賴這把短刀，但是結衣推測的緩衝期間結束的話——或者是暫時將其從裝備人偶上面移除，等級1的西莉卡應該就會因為過重而拿不動。

說起來莉茲貝特的鎚矛應該也是一樣，所以不只是結衣，其他兩個人也很想趁現在趕快入手代替的武器，但只有一大片不毛土地的荒野上不可能找得到商店，而且就算找到了身上也沒有任何貨幣。這樣下去，幾個小時後將淪落到穿草衣拿木棒的原始人型態。

——那個時候，至少要先讓莉茲小姐穿上去，然後大笑個一分鐘左右。

西莉卡一邊想著這種過分的事情，一邊割下不知道是第幾株五浦草時。

坐在頭上的畢娜就用喉嚨發出「咕嚕嚕……」的低吼。

這是警告聲。與畢娜是老搭檔的西莉卡甚至可以讀出「有複數物體從遠方靠近，不清楚是否為敵人」的言外之意。西莉卡立刻動了動頭上的三角耳朵，感覺——似乎有腳步聲混在夜風當中。

「結衣，把火把滅掉！」

小聲做出指示後，結衣就迅速把火把的火焰插進地面的沙子裡。附近雖然一口氣變暗，但仍不是完全漆黑。環視周圍就發現莉茲貝特在五六公尺之外的地方敲打枯樹的樹枝。

「莉茲小姐，有什麼東西過來了！」

雖然本職是鐵匠，但同時也是高強鎚矛使的莉茲貝特反應相當快。以火把敲擊地面熄滅火焰，然後在抑制腳步聲的情況下跑過來。

「是狼？還是蠍子？」

西莉卡立刻搖頭否定了莉茲貝特的呢喃。

「畢娜說是來歷不明的物體，所以我想兩者皆非。是某種未知的東西。」

「還是不要隨便迎擊比較好。」

如此呢喃的鐵匠，用手指著附近的一塊大石頭。其他兩人點點頭後就移動到該處，然後靠在一起躲到岩石後面。如此一來，黑暗的夜色反而幫了大忙。如果是用視覺來辨認敵人的怪物應該無法輕易發現三個人才對。

西莉卡再次豎起耳朵傾聽。雖然不清楚貓妖族的聽覺獎勵在這個世界是否有效，但是可以聽見比剛才更清晰的腳步聲。從地圖的東北側——也就是艾恩葛朗特落下地點的相反方向靠了過來。

西莉卡突然感覺到微弱的振動。原來是身體緊貼在自己身上的結衣，纖細的身體正在發抖。

——ＡＩ在這種時候也會害怕啊……

西莉卡對自己反射性出現這種想法感到很丟臉。結衣就算是ＡＩ，還是有歡喜、高興以及喜愛的感情，當然也應該會有相反的感情才對。有生以來首次獲得ＨＰ條，在這種伸手不見五指的黑暗當中，面臨來歷不明的物體一步步靠近的狀況當然會覺得恐怖。

而且結衣還是因為幫忙西莉卡她們提升技能，才會在艾恩葛朗特墜落時跟桐人以及亞絲娜分開。明明應該比任何人都想見到心愛的兩個人，卻為了幫助西莉卡與莉茲貝特而沒有登出，一直跟她們同行到現在。

這樣的話，我們這兩個人就得好好保護她才行。

如此下定決心的西莉卡以左手把結衣的肩膀拉過來，然後在她耳邊呢喃：

「不用擔心喔，別看我和莉茲小姐這樣，我們其實還滿強的呢。」

「是啊，不論是什麼東西過來，我都會用這個把它三振出局！」

莉茲貝特也小聲這麼說完，接著就以雙手拿著鎚矛擺出打擊姿勢。

「莉茲小姐，三振出局是……」

打者落敗的時候。可惜西莉卡沒辦法把這句吐嘈說完。因為從意料之外的近處傳來粗大的聲音。

那不是怪物的低吼，應該是人類說話的聲音。

但是再怎麼豎起耳朵，都無法理解對方說話的內容。那不是音量的問題。聲音明顯不是日文——甚至不是西莉卡知道的任何語言。

「ｘｘｘｘｘｘ、ｘｘｘｘｘ。」

異樣扭曲，與其說是言語倒不如說是咒文的奇怪聲音，從岩石的另一側傳過來。立刻就有其他聲音做出回應。

「ｘｘｘ、ｘｘｘｘｘｘ。」

西莉卡屏住呼吸，更加用力抱住結衣。莉茲貝特也重新擺好鎚矛。

可以聽見沙地傳來「沙沙」的複數腳步聲。聲音從西莉卡她們的右側靠近，通過岩石後方——往左側逐漸遠去。

但依然無法放鬆警戒。如果這是活動戰鬥，有可能會出現露出遠離的模樣卻急速趕回來，或者從另一邊衝出來的老掉牙演出。聲音的主人不是玩家而是怪物或者ＮＰＣ時，遊戲系統應該早就掌握到西莉卡她們的存在了。

西莉卡警戒著左右兩側以及頭上，持續聽著遠離的腳步聲。當確信他們已經離開充分的距離，西莉卡才把背部從岩石上拉開，小心翼翼地窺探了起來。

走在荒地上的是三名人類。

他們看起來不像玩家。三名全都是男性，身上穿著由布料與皮革製成的簡便防具，左手拿著大型火把，右手則是攜帶著長槍與斧頭。整個外露的肌膚是泛灰的褐色。綁成細長辮子的頭髮從頭頂部一路垂到腰部附近。

三個人經常會環視周圍，不過還是筆直地行走。他們的目標是東西向橫跨荒野的高大懸崖。當察覺到這一點的瞬間，心想「糟糕了」的西莉卡就咬緊牙關。

懸崖底部的一個地方正露出朦朧的亮光。那是西莉卡她們沒有熄滅就直接離開的營火所發出的光。

離開凹陷處時，曾經一瞬間想過是否把它熄滅掉比較好。但是想到要在枯枝上點火時，已經相當累人地以各種石頭互相碰撞了，所以實在不願意重複一遍那種作業。男人們一定是從遠方看見營火的亮光才會靠過來。

營火被他們熄滅也沒關係。但是凹陷處還堆放著西莉卡她們拚命搓出來的六十條五浦草繩子。繩子遭到破壞或者被拿走的話，在緩衝期間完成基地的可能性將大幅降低。

「繩子……」

應該是想到同樣的事情了吧，莉茲貝特這麼呢喃。

是要重視安全繼續躲在這裡。還是為了保護繩子還追上那些男人呢？面對眼前這兩種選項，西莉卡猶豫了。

這個時候，如果是他——「黑衣劍士」的話會怎麼做呢？

放棄道具，躲著讓他們離開？不，他不會這麼做吧。就算我方不先發動攻擊也會試著與對方接觸，保護應該保護的東西……然後盡情地享受該種狀況帶來的樂趣。

雖然艾恩葛朗特墜落，能力值遭到重置，系統也整個改變了，但只有這個「Unital ring」是遊戲是無庸置疑的事實。不但可以登出，只要使用AmuSphere，就算ＨＰ歸零也不會真正死亡。就算變成等級1，愛用的裝備以及短劍技能也還留著。這樣的話就應該行動。

「……結衣妳留在這裡。」

花了三秒鐘左右下定決心，西莉卡就這麼低聲說道。

「但是……」

結衣開口這麼表示時就用力抱緊她的身體，然後立刻放開。對莉茲貝特使了個眼色後互相點了點頭。

把結衣推到岩石上，從躲藏處衝出去之後，西莉卡開始往前猛衝。莉茲貝特也立刻追上來。我方的火把雖然熄滅了，不過可以朝著男人們所持火把的亮光一直線衝刺。

繞過跟西莉卡差不多高的岩石後就看到三個人的身影。他們已經抵達凹陷處的入口，架起武器往裡頭窺探了。

距離不到十公尺的瞬間，男人們就像彈起來一樣撐起身體。

「ㄨㄨㄨㄨㄨㄨ！」

槍使邊發出尖銳的叫聲邊轉過來，兩名斧使則是往左右兩邊衝。以裝備和裝飾品來看，槍使應該是三個人當中的隊長。雖然所有人臉上都以顏料畫著勇猛的線條，不過還是可以辨認出充滿敵意的表情。

西莉卡在距離男人們五公尺左右的地方停下來，拚命放聲大叫：

「我……我不打算跟你們戰鬥！」

說完就把右手的短刀放回腰部後方的刀鞘裡。旁邊的莉茲貝特也把鎚矛朝向正下方並且向對方呼喚。

「我們只是希望你們別把那些繩子拿走而已！」

但是男人們的表情還是沒有改變。一個人慢慢來到前方，再次開口大叫：

「ㄨㄨㄨㄨ！」

完全無法理解那與其說是言語，其實聽起來比較像是電子雜音的發言究竟是什麼意思。對方應該也聽不懂我們說的話吧。也就是說，他們果然不是玩家而是ＮＰＣ。

「ㄨㄨ……」

其中一名斧使發出某種低吼後，高大的槍使就點點頭。重新擺好金屬槍尖發出銳利光芒的長槍，一點一點縮短距離。這樣下去將會開始戰鬥——

就在西莉卡有所覺悟的時候。

「請再繼續跟對方對話！」

背後傳來這樣的聲音，西莉卡頓時屏住呼吸。結衣從岩石後方走出並追了上來。

就算這時候和男人們發生戰鬥並且ＨＰ歸零，西莉卡和莉茲貝特也會在其他某個地方復活，最糟糕的情況也不過是從遊戲裡斷線。但結衣就不一定了。原本是ＡＬＯ導航妖精的她，在這個世界變成玩家的理由，如果是因為某種系統問題的話，死亡時發生任何事情都不奇怪。甚至可能……損及儲存在桐人ＰＣ裡的主程式。

為了保護結衣，就算先發動攻擊也在所不惜。

這麼想的西莉卡，準備再次握緊短刀的刀柄。但是結衣比她快了一瞬，再次開口揚聲表示：

「那些人說的是The seed規格標準ＪＡ語言套件的變形語，也就是日文！只不過是加上了好幾重濾波器，再多些範例我就可以解碼了！」

西莉卡聽不太懂她所說的話。不過大概可以了解灰色肌膚的男人們說的其實是日文，只是聽起來不像而已。

她反射性把雙手擺到前面，大叫著：

「等等！我們不想戰鬥！」

或許是了解西莉卡的意思了吧，坐在她頭上的畢娜也發出「啾咿咿！」的叫聲。

槍使的視線迅速移到西莉卡頭上，然後也開口大叫：

「ㄨㄨㄨ、ㄨㄨ！」

站在左右兩邊的斧使則是做出「ㄨㄨㄨ！」「ㄨㄨ！」的回應。塗著顏料的臉上依然帶著敵意。銳利的槍間一點一點地靠近。再一公尺左右，就要進入敵人的攻擊範圍了。

「……西莉卡，真的危險的時候就抱著結衣逃走吧。」

莉茲貝特在旁邊這麼呢喃，西莉卡則是輕點了一下頭。雖然失去六十條繩子相當可惜，但結衣的安全是無可取代。

數了三秒之後就踢起腳邊的沙子趁隙逃走吧。這麼想的西莉卡右腳開始用力。一、二……

「ㄨㄨㄨㄨ、ㄨㄨㄨㄨㄨㄨ！」

發出這道聲音的並非三個男人。來源是背後的結衣。雜音般的扭曲聲響就跟男人們所說的話一模一樣。

槍使嚇得將上身往後仰，同時不停眨著眼睛。原本帶著百分之百敵意的表情變成一半帶著疑惑，然後和伙伴們面面相覷。

「……ㄨㄨㄨㄨㄨ？」

面對槍使只聽得出是提問的發言，結衣做出了某種回答。持續了幾次簡短的對話後，驚人的是男人就各自放下手裡的武器露出了放下心來的笑容。

快步走過來的結衣，來到西莉卡她們面前後就回過頭來表示：

「西莉卡小姐、莉茲小姐，已經不要緊了。這些人是住在北方台地的巴辛族戰士，因為看見艾恩葛朗特墜落，所以前來調查發生了什麼事。原本懷疑我們是不是惡魔變身而成，表示我們只是迷路了後，他們就接受了我的說法。」

「……惡魔……」

西莉卡一這麼呢喃，莉茲也用力搖了搖頭。

「什麼嘛，真沒禮貌。怎麼可能有這麼可愛的惡魔呢。」

「唯利是圖的部分很像惡魔就是了。」

「妳說什麼？」

「沒有喔。」

當她們在拌嘴時，槍使就踏入凹陷處，用手指著堆積在地板上的五浦草繩子。然後看著西莉卡她們，提出了「ㄨㄨㄨㄨ、ㄨㄨ？」的問題。

「他在問是不是我們製造了這些繩子。」

由於結衣幫忙翻譯，所以西莉卡就輕輕點了點頭，結果槍使又繼續開口說話。

「他在問我們知不知道正式的吃法。」

「…………」

和莉茲貝特面面相覷後，兩個人同時不停搖著頭。

「ＸＸＸＸＸ。」

「他說『我教妳們，跟我過來』。」

「…………」

似乎沒有拒絕這個選項。槍使以手招呼西莉卡她們過去後，就跟伙伴一起往回走去。

「……上了賊船也只能把頭洗乾淨了。」

「用法好像全部混在一起了。」

吐嘈了莉茲貝特奇怪的慣用句之後，西莉卡就跑回凹陷處，把六十根繩子全部抱起來。雖然得中斷收集素材的作業，但是根據之後的發展，或許再也不需要基地了。

心裡祈禱著別讓事情變得更加麻煩的西莉卡等人就追著辛巴族的戰士往東北方走去。

5

媽媽做的晚飯是加了大量香菇與雞肉的紅燒雜燴。從ＳＡＯ解放出來，回到家時被問到我想吃什麼就說出這個答案之後，這道菜就變成我最喜歡吃的食物了。

當然我是真的喜歡，偶爾還會自己試著做這道菜。但是到現在還是無法跟媽媽以及直葉坦承喜歡的理由是與艾恩葛朗特的重要回憶有關，然後原版用的不是雞肉而是兔肉。

現在回想起來，我目前喜歡的食物——照燒美乃滋漢堡、鹽味拉麵以及蜂蜜派，全都是來自虛擬世界的記憶。這麼一來，有一天過去的記憶變淡了的話，也就不會想吃這些東西了吧，不過目前還沒有這種傾向就是了。

吃飯前傳了一封電子郵件後就把Augma拿下來直到吃完飯——媽媽明明是ＩＴ類雜誌的總編輯卻很注重餐桌禮儀——收拾完餐具後，看見客廳的時鐘指著七點二十二分。距離與亞絲娜她們約好的時間只剩下三分鐘了。對在沙發上喝著餐後咖啡的媽媽說了句「吃飽了！」就回到二樓。走在身後的直葉悠閒地說著「那我去洗澡嘍～」就想回到自己的房間，但是我立刻就一把抓住她運動服的領子。

「咕嗯……做……做什麼啦！」

「我有重要的事情要跟妳說。拿著AmuSphere，現在立刻到我房間來。」

「啥……啥啊？」

也難怪她會露出百分百狐疑的表情，不過我還是抓住妹妹的雙肩，把她的身體轉過去後說了句「快一點！」就把她推了出去。嘴裡邊抱怨邊回到自己房間的直葉，在右手拿著AmuSphere左手拿著手機的情況下一走出來，我就以超快速度對她招手。

拉著她回到房間，才剛關上門，我就以極限的速度開口詢問：

「小直，妳現在復活的地點設定在哪裡？」

「咦……？哥哥的家啊……就是新生艾恩葛朗特第二十二層的那間。」

「好，那最後登出的地點也是在那裡吧？」

「是啊……真是的，為什麼從剛才開始就怪裡怪氣的。」

「到裡面再跟妳說明。快點準備潛行。」

「你說潛行……在這裡嗎？」

瞪大雙眼之後，直葉就以超高速環視著我的房間。

「就算要潛行，哥哥的房間連坐墊都沒有吧。要我直接躺在地板上嗎？」

「床鋪一半分妳總可以了吧。來，快一點快一點！」

我再次推她的肩膀，讓她坐到床上。從抬頭看著我，嘴巴不停開合著的妹妹手裡拿起AmuSphere，然後直接套到她的頭上。

「哇，等……等等……」

這個時候，直葉拿在左手上的手機發出鈴聲。反射性看向畫面的直葉，略粗的眉毛皺了起來。

「啊，來自長田的聯絡……嗚哇，好多電子郵件與未接來電！」

「別管他，我知道是什麼事情。」

聽見我冷血的發言後，再次感到啞然的直葉張開了嘴巴。

「咦……咦咦～？」

「現在還有更重要的事情，好了，快點躺到裡面去。」

「真是的～～……」

即使噘起嘴巴，直葉還是把手機放到床頭櫃上，然後躺到床鋪內側。我也在她身邊躺下來並且戴上AmuSphere。放下護目鏡，一邊等待起動一邊看著內螢幕左下角的時鐘。時間是七點二十四分四十七秒。

仔細一想就發現沒有必要嚴格配合彼此登入的時間，但我還是吸了一大口氣，然後開口：

「倒數五秒後開始潛行，四、三、二、一……」

兩個人同時喊道：

「開始連線！」

掉落感停歇，鞋底感覺碰到堅硬的地面後才睜開眼睛，結果發現圓木屋的客廳裡已經可以看見白色騎士服的水精靈以及黃金鎧甲的貓妖。室內有些陰暗，從牆壁裂縫照射進來的臨時火把放射出微弱的光芒。

看著我似乎想說些什麼的亞絲娜和愛麗絲，視線開始往右側移動。一看見遲了兩秒鐘左右潛行到這裡的第四個人，立刻一起大叫：

「是莉法！」

「莉法！」

跑過來的亞絲娜她們，從兩側緊抱住風精靈族魔法劍士的手臂。

「太好了……妳平安無事嗎！」

「我好擔心喔！」

聽見這些話的直葉／莉法，當然出現不了解狀況的表情來交互看著兩個人。

「亞……亞絲娜小姐、愛麗絲小姐……什麼叫我平安無事……？為什麼燈光要調這麼暗呢？」

接著又看見我，然後整個下巴掉了下來。

「哥……哥哥……你那是什麼樣子？」

「先忘了這件事吧。」

瞥了一眼自己只穿一條內褲的虛擬角色後，我就再次看向妹妹。綠色基調的輕裝鎧甲以及左腰的長刀是她愛用的戰鬥裝備。看起來沒有感到特別沉重的樣子。也就是說，裝備重量的緩衝期間仍然持續當中。莉法的耳朵也變成跟人類一樣，不過這種程度的變化連她本人都沒有注意到。

放下心中一塊大石的我開口詢問：

「小直……不對，莉法，ＡＬＯ的登入程序有什麼奇怪的地方嗎？」

「咦？噢——話說回來，我在掉落中覺得有點奇怪……鑽過平常不會出現，模樣有點不可思議的環了喲。那到底是什麼啊？」

「……果然如此嗎……」

我慢慢點了點頭。我過去也曾看過相同的東西。就是把這個守衛精靈的虛擬角色轉移到槍的世界「Gun Gale Online」的時候。

「那是『轉移光圈』。妳的虛擬角色在登入的時候，就不顧妳的意願被強制轉移到這裡來了。」

「啥……啥？什麼轉移……這裡是哥哥，不對，是桐人和亞絲娜小姐平常的房子不是嗎……」

這麼說道的莉法，同時開始環視陰暗的客廳。

然後用雙手按住嘴巴，發出了沙啞的聲音。

「……這……這是怎麼回事……亞絲娜小姐，發生什麼事了？」

也難怪她會感到驚訝。寬敞的客廳裡，經過亞絲娜精挑細選的家具與裝飾品等所有的室內裝潢物件全都消失了。

而且不只有這樣。過去設置了大暖爐的深處牆壁已經整個崩塌到能看到室外，中央的地板也出現巨大凹陷，天花板還到處都是破洞。即使是看過好幾次現狀的我，胸口還是會感到一陣刺痛。

抓住莉法左臂的亞絲娜，把手移動到她的背部出聲表示：

「莉法，這裡已經不是阿爾普海姆。我們連同這間圓木屋……不對，是整個新生艾恩葛朗特都被轉移到這個世界來了。」

三個人圍坐在以前擺設又大又軟沙發的地方後，我就向莉法說明現階段了解的事情。

抱著膝蓋聽我說明的莉法，晃動著金色馬尾點了一下頭後，就側目看著我說：

「原來如此……終於了解桐人變成這副模樣的理由了。」

「妳能理解就好。亞絲娜和愛麗絲雖然還有防具，但武器也沒辦法裝備了……目前只能依靠莉法的劍了。」

「……也就是說，是把我帶來這裡擔任保鏢的嘍？」

「沒有啦，不只是因為這樣。」

瞪了一眼急忙這麼表示的我之後，莉法就看向坍塌牆壁之外那一大片黑夜中的森林。

「這附近有什麼樣的怪物出沒？」

「目前仍未看過怪物……」

這麼回答的是愛麗絲。她以似乎有些感到不安的左手摸索沒有劍的劍帶並繼續表示：

「剛才為了尋找柴火而進入森林時，聽到遠方傳來複數的吼叫聲。森林裡絕對有什麼動物棲息著吧。」

「唔……等級1就表示也無法使用魔法吧……」

「嗯，阿爾普海姆使用的神聖語……不對，應該說咒語也完全沒有反應。結衣在的話，應該可以告訴我們許多情報——桐人，你在外面也沒能跟結衣說到話嗎？」

我回望著愛麗絲即使在這樣的黑暗當中依然像藍寶石一樣發光的眼睛並且點頭。

「嗯，呼喚也沒有反應。大概和莉茲與西莉卡一起待在這個世界的某個地方吧。」

「唔嗯……希望能想辦法跟她們會合。如果她們也在艾恩葛朗特裡，應該距離不會太遠才對……」

「對了，我正想問這個！」

莉法迅速探出身體。

「我知道艾恩葛朗特掉下來了，不過之後怎麼樣了呢？桐人，你沒有看到最後嗎？」

「光是要讓這間圓木屋軟著陸就快累死了，實在沒有多餘的心思去管那個……」

「而且莉法……」

亞絲娜將雙手舉到空中，以手勢來進行說明。

「感覺分離的岩塊剛好乘著風掉落，我們也像這樣以相當傾斜……大概是三十度左右的角度掉到這裡。如果艾恩葛朗特在高十公里的地方飛行，計算起來掉落的地點應該距離這裡十七公里左右吧。途中似乎也有岩山般的地形，我們也沒有聽見艾恩葛朗特墜落的聲音。」

「十七公里嗎……有翅膀的話一下子就能飛到了……」

莉法雖然蠕動著背部，但是精靈的翅膀還是沒有出現。對於被取了速度中毒者這個綽號的她來說，這個變化應該跟能力值重置的打擊差不多，甚至可能更嚴重吧。

不過只能說真不愧是我的妹妹，莉法露出堅強的笑容，然後用力點了點頭。

「我了解大概的情況了。亞絲娜小姐你們目前的目標是重建這間房子對吧？那我當然也會幫忙嘍！因為這裡也已經是我的家了！」

眨著雙眼的亞絲娜，確實和莉法緊握住彼此的手後就環視著客廳。

「……謝謝妳，莉法。」

「從耐久度的減少速度來計算，距離房子全毀還有十個小時再多一點……在那之前還有許多必須收集的材料。需要的有……」

亞絲娜點了一下地板，叫出房子的屬性視窗後，對莉法展示了修復所需要的道具一覽表。當兩個人對話時，我則是叫出環狀選單，選擇了技能圖示。

打開的視窗裡列記了已經學會的技能名稱。最上方是從ＡＬＯ帶到這裡來的單手劍技能，但最重要的劍無法裝備的話就派不上用場。

其下方排著來到這個世界後學會的生產系、輔助系技能。石工技能、木工技能、紡織技能，以及強健技能。雖然每一個熟練度都幾乎是零，但是現在這些技能算是生命線。

擊點石工技能之後，發現目前的熟練度可以製作的道具一覽表出現了新視窗。石頭小刀、石斧、石槍等原始的武器當中也有「石劍」，到了緊要關頭也只能倚靠它了，但我已經可以清晰地想像出以這種打扮裝備石頭武器的瞬間，直葉會捧腹大笑的模樣，可以的話還是希望一開始就拿金屬武器。

這些石頭武器的名字旁邊附加了榔頭的標誌，不知道那是什麼意思的我戳了一下標誌，

Tips的小視窗就隨著鈴聲打開。

【顯示這個圖示的道具，必須實際由手或者道具來製成。】

——唔嗯唔嗯，這麼說來也有並非如此的道具嘍，想到這裡就捲動一覽表。武器之後是石盤、石槨頭、磨刀石等道具類，再接下來是石磚、石頭地基等建築資材類。這部分的道具全部都帶著手作標誌。

然後最下方有「石頭小屋」、「石炕」「石頭高爐」等名字，這些全都顯示著兩枚四角形重疊起來的形狀所構成的符號。擊點符號之後就再次響起鈴聲。

【顯示這個圖示的道具，能夠從技能視窗直接製造。此時需要將必需的素材道具收納到道具欄裡。】

「原來如此……」

邊這麼呢喃邊擊點石頭小屋，就出現需要的資材一覽表，下方可以看到【製作】按鍵。雖然隨著衝動按了一下，但是當然出現【素材道具不足】的訊息。

「哦，還有高爐耶。」

不知道什麼時候站在我身邊的愛麗絲，窺看著視窗的同時開口這麼說道。

「有這個的話，不就能製作修理圓木屋時需要的鐵板與鐵釘了？還有我們的武器也是。」

「嗯……是沒錯啦……」

我以處於肯定與否定之間的角度動著頭。

「但是，要打鐵當然需要鐵礦石，像這種遊戲呢，不會那麼容易入手喔。我不認為會突然從附近的原野冒出來耶，大概啦。」

「那要去哪裡採集呢？」

「最常見的情況是到山裡或者洞窟吧。不過這附近似乎沒有山脈……」

「那就是洞窟了吧。」

貓耳騎士露出有些厭惡的表情。

在ＡＬＯ裡一起冒險之後才首次知道，自從在Underworld相遇就一直認為毫無缺點的愛麗絲似乎也有討厭的事物。其中之一就是天然洞窟。在人工的迷宮裡明明相當輕鬆自在，但是卻不太想去所謂的鐘乳洞或海蝕洞。雖然推測原因是來自應該遭到消除的幼年期記憶，但因為認為不是什麼需要詢問的事情，結果就這樣一直拖到今天了。

「嗯，不過洞窟也沒那麼容易發現啦……首先還是先解決能用木頭製作的素材吧。現在已經有一名可靠的伐木工來幫忙了。」

順風耳般聽見我發言的莉法，立刻轉過身子來表示：

「喂喂，桐人，你說的伐木工是我嗎？我可只有這把劍而已喔！」

「很夠用了。我在Underworld裡，面對據說花了一千年也砍不倒的超級大樹，可是只用一把單手劍就……」

「好啦好啦，我做就是了。」

莉法打斷我的炫耀，突然露出認真的表情。

「……但是按照剛才的說明，我只有在……緩衝期間能使用這把劍？在這結束之前必須要完成作業吧。那實際上有幾個小時？」

「哎呀，關於這一點呢，真的只能問引起這場大騷動的首謀才……」

原本想說「才知道」的我，側腹部被愛麗絲重重戳了一下。

「咕噁……妳……妳做什麼。」

「對了桐人，你看一下這個。」

愛麗絲無視我的抗議，直接打開環狀選單。我按照指示看了過去，發現發出紫光的八個圖示和我所打開的似乎沒有什麼不同。

「……要看哪裡呢？」

「八個圖示的顏色。不覺得色澤由順時鐘方向有細微的變化？」

「啊……真的耶！」

這麼大叫的是亞絲娜。我也打開選單並深深點了點頭。

「正上方的圖示確實帶著紅色，然後由順時鐘方向慢慢變藍，第八個圖示大概是藍紫色。

但是……這又怎麼了嗎，愛麗絲？」

「我記得剛掉到這裡時，我打開選單的時候圖示幾乎都是藍色。因為覺得很像賽菲利雅花的顏色，所以還記得。但現在到第五個左右顏色都不一樣了……我想這會不會就是顯示剩下多少緩衝時間？」

「喔喔……原來如此……」

我消除所有表示在眼前的視窗，凝視著環狀選單。如果正如愛麗絲所說的，顏色變化同時也是計時器——那麼大概兩個半小時裡有五個圖示產生了變化。所以一個是三十分鐘。

「……還剩下三個圖示，就表示距離全部變色還有一個半小時嗎……」

「咦……只剩下這麼一點時間嗎？」

莉法像是要尋找牆上的時鐘般環視著室內。這裡當然沒有那種東西，而且就算有狀況也不會改變。消除環狀選單的愛麗絲以緊張的聲音表示：

「……快一點吧。趁莉法的劍還能用的時候，至少得完成樹木的採伐。」

這次莉法也沒有再抱怨。她以左手握住長劍的劍鞘，以嚴肅的表情回應：

「嗯，知道了。我會持續砍斷樹木，剝皮就拜託大家了。」

「交給我們吧。那就拜託嘍，莉法。」

把亞絲娜的話當成信號，我們從一直打開的大門衝了出去。

但是立刻在半塌的門廊停下腳步。因為被夜裡的森林那像要吞噬一切的黑暗給震攝住了。明明是房子外面，卻連數公尺前方都看不見。

「……看來還是需要照明……」

忍不住這麼呢喃完，周圍就變得稍微明亮了一些。並非系統貼心地這麼做，而是亞絲娜將照亮室內的簡易火把拿出來了。

「話說回來，妳那個火種是哪裡來的？」

提出這種慢了好幾拍的問題後，愛麗絲就從腰包裡拿出兩顆雞蛋大小的石頭給我看。

「我比桐人你們早回來一些，就在河岸邊尋找了打火石。因為覺得變暗了之後會用到。」

「喔……喔喔……」

雖然浮現「真正的異世界人民就是不一樣！」的想法，但是沒有說出口，直接繼續問道：

「那個要怎麼用呢？」

「比地底世界簡單喔。把枯草揉成一團作為火絨，在附近打出火花十次左右就能點火，再來就只要把火移到樹枝上就可以了。」

「唔嗯……」

雖然又浮現「還是魔法比較好！」的想法，但這次還是慎重地保持著沉默。在沒有魔法的ＳＡＯ裡主要是使用油燈，但現在回想起來，那也是擊點就能夠點火，其實也跟魔法差不多了。看來這個Unital ring世界是打定主意不讓我們太輕鬆了。

「那我也去找樹枝過來……」

不用我說「把火分給我」，愛麗絲就踩著輕快腳步來到地上，走了幾步後彎下身子。不知道什麼時候那裡已經聚集了大量枯枝，她把右手的火把靠過去，不久會就傳出熾烈的啪嘰啪嘰聲並且開始燃燒。

「嗚哇，太厲害了！火焰的特效好有真實感喔！」

也難怪莉法會發出歡呼聲。跳躍著的鮮紅火焰與飛散的火花，其精緻度都跟現實世界的營火沒有兩樣。首次看見森林的樹木時我就曾經有過這樣的想法，這個世界的電腦繪圖遠比ＡＬＯ……不對，就算跟ＳＡＯ相比也十分精細。以平板螢幕來比喻的話，大概就像ＨＤ畫質變成４Ｋ畫質時的衝擊。

但是這個現象卻跟剛才登出時所收集來的情報有所矛盾。

因為被強制轉移到這個Unital ring的不只有我們這些ＡＬＯ的玩家。由大部分主要構成The seed連結體的ＶＲＭＭＯ遊戲——超過一百個虛擬世界，恐怕有數十萬名玩家都被轉移過來了。以二〇二六年現在的技術來說，真的能夠在容納如此多的人數之下，同時建構出如此高解析度的世界嗎……？

「桐人，你要發呆到什麼時候啊！」

裸露的背部被用力拍了一下，我立刻跳了起來。

「好痛！」

「說沒時間了的是桐人吧？快點開始作業吧！」

「嗯……嗯。」

正如莉法所說的，現在動手比考察更加重要。愛麗絲幫忙生的營火熾烈地燃燒起來，將草地周圍的森林照成一片紅色。這樣就算不拿火把也足以進行作業了。

「好，開始吧……」

當我說到這裡時，莉法已經拔出長劍，往附近的巨大旋松揮落最初的一擊。在「滋喀！」的爽快聲響當中，亞絲娜與愛麗絲以微妙的視線看著右拳舉到半吊子高度僵住的我。

修復房子之後要立刻入手新裝備。就算得熬夜完再去上課也再所不惜。

我再次下定了這樣的決心。

莉法的長劍不愧是古代級武器的神兵，明明不是砍伐專用的斧頭，卻能輕鬆地砍入巨大的旋松樹幹。由於砍倒一棵根本用不到三十秒，就算有三個人負責剝樹皮，只要搬運時稍微花點時間就會被她追上了。

和亞絲娜、愛麗絲默契十足地處理原木過了十五分鐘，空地上再次堆積起螺旋圖案的圓木。總共有三座十根圓木堆成的小山，有這麼多數量的話，就算製作完修理圓木屋需要的七十五片「經過製材的木板」也應該還會有剩餘的圓木。

當雙手扠腰的我想到這裡時，突然注意到某一件事。

「……要如何製作木板呢……？」

想要板材的話，只要到現實世界的大型五金行去，不論想買多少都不成問題，但我完全不知道這些板材的製作方法。按照一般的想法，應該是把圓木切成薄片……但是如此粗大的圓木，應該需要大型的製材機械才對吧。

站在身邊的亞絲娜證實了我這樣的推測。

「這裡當然沒有大型的帶鋸，但要把這些製成木板至少需要大鋸吧……」

「大……大鋸是？」

「就是巨大的鋸子喲。到明治時代左右都是使用這種大型鋸子。」

「啊、啊……好像曾經在日本史的教科書裡見過……」

雖然也完全不清楚帶鋸是什麼東西，但猜測應該是製材機器的名字後就繼續著對話。

「嗯，鋸子嗎……如果有鐵以及鐵匠技能的話，或許能做出來，但兩者應該都還得花一段時間——咦，不過鋸子不是從古墳時代就有的東西對吧？那以前的人是怎麼製作木板的呢？」

「嗯，我記得是……」

就連亞絲娜也一瞬間露出搜尋記憶的表情，但最後還是能確實找出需要的情報，由此可見腦部的性能跟我完全不同。

「能夠直向切開圓木的鋸子……剛才提到的大鋸，那應該是室町時代從中國傳過來的物品，在那之前是把楔子打進圓木裡然後切割成平面，最後再用手斧或者刨刀來完成表面。但是以楔子來分裂圓木的工程可以說完全倚賴木紋，也算是憑運氣，然後失敗率也相當高，所以那個時候的大面積木板似乎是相當貴重的奢侈品喔。」

「這樣啊，楔子嗎……」

我一邊呢喃，一邊看向堆積起來的圓木。

剝樹皮的同時也試著檢查過了，旋樹似乎是因為成長時像鑽頭一樣旋轉才會被取這個名字，而且不只是表面，就連內部的纖維也呈螺旋狀。如果這個遊戲連木紋的方向都設定了媒介變數，那麼就算把楔子打進去也很可能不會筆直地裂開。而且在這之前，得先讓鐵器文明在這塊空地上開花才能製作出楔子。

「唔唔唔……原來木板是人類睿智的結晶啊……」

聽見我的感受之後，亞絲娜也深深點了點頭。

「這麼說也沒錯，但還不只是這樣喔。只有圓木的正中央才能取出一塊巨大的木板，可以說是活了數十年的樹木其生命與歷史也不為過。這麼一想，就會覺得把樹木製作成木板會如此困難也是理所當然的了。」

「的確是這樣。只不過，不想辦法把它們變成木板的話，圓木屋的修理就……」

我一邊輕拍著圓木的切口，一邊開口說到這裡時。

和亞絲娜一起進行作業的莉法就回到現場並用力拍打我的背部。

「好痛！」

「喂喂，桐人。別小看了我的技術和這把『仲夏之風』喲。」

「嗚嗚……為什麼大家都喜歡用手掌打我的背……」

「啊哈哈，看見你這種模樣就是會想那麼做啊。亞絲娜小姐要不要也來一下？」

「別勸人做奇怪的事！」

我急忙飛退之後，亞絲娜似乎露出感到有點可惜的表情，不過應該只是我想太多吧。我小心翼翼地不讓女孩子們看見我的背部，同時對著莉法問道：

「倒是妳的技能怎麼樣了？」

「好啦，快點讓開。」

以手勢讓我們後退之後，莉法就站在圓木堆成的小山前面。以雙手拿著白銀的長劍，然後擺在最常見的中段。

「喂喂，小直。妳不會是想用那把劍砍圓木吧……」

終於忍不住以真實的名字呼喚對方之後，風精靈魔法劍士就保持朝向正面姿勢說道：

「砍倒三十棵之後，大概就能掌握到手感。嗯，總之看就對了。」

聽她這麼一說，也只能靜靜看她表演了。仲夏之風的劍身像是吸進營火的光芒一樣發出紅光。

莉法的長劍在分類上屬於混種劍，單手拿時可以發動單手劍用劍技，以雙手拿的話可以發動一部分的雙手劍用劍技。當然也會有平衡這些便利性的缺點存在，例如以單手劍來說它太過沉重而難以揮動，以雙手劍來說又嫌太輕而威力不足，不過對於劍道社社員的她來說似乎是相當剛好的長度與重量。

在我和亞絲娜的注視當中，莉法像是被透明絲線牽引一樣，以順暢的動作舉起長劍。簡短的蓄力動作，呼喚起綠色燐光——劍技的前導光線特效。當武器技能還殘留著時我就已經確信了，不過這個世界果然也繼承了在舊ＳＡＯ誕生的各種劍技。

「……喝！」

莉法隨著尖銳的喊叫聲揮出長劍。兩條軌跡劃過黑夜。那是雙手劍二連擊技「大瀑布」。

本來是「喀、喀！」兩聲連續揮出上段斬的劍技，但莉法使出來時速度快到了極點，像是一次呼吸就揮出了兩擊一樣。斬擊被小山最上方的圓木斷面吸進去，綠色閃光直接貫穿另一端並且消失。

隔了一秒鐘左右，圓木就無聲無息地分成左右兩半，隨著巨大震動滾落到地面。圓木中央留下一片由二連擊所形成的細長木板，最後木板也倒向右側——在落地前，衝出去的我就將它一把抓住。

木板的厚度大概是兩公分左右。表面像是仔細用刨刀刨過一樣光滑，傾斜的木紋清晰可見。我立刻用左手擊點該處來叫出屬性視窗。道具名稱是【古老旋樹經過製材的木板】。

「怎麼樣啊，桐人。能夠用在修復房子上嗎？」

由於放下長劍的莉法對我這麼問道，我就對著她舉起右手拇指。

「完全沒問題。但是……」

把剛完成的木板放進道具欄裡之後，我就低頭看著滾落到地面的那兩半直向切開的圓木。

「……用這種方式的話，一根圓木只能取得一片木板……得想辦法製造出支撐圓木的機關……」

「咦，用手撐住就可以了吧。」

立刻以輕鬆口氣如此表示的莉法，用手指著其中一片剖成一半的圓木，繼續開口說：

「把它堆回小山上，然後直向撐住。」

「…………」

雖然有些不祥的預感，但我還是按照她所說的以雙手抱起圓木，將其放回原位。把斷面調整成垂直之後，用雙手支撐住中央附近。

「就這樣仔細地固定住。要上嘍……」

再次舉起長劍的莉法，輕鬆地發動了劍技。那是雙手劍的基本單發技「小瀑布」。命中斷面往左兩公分處的劍刃衝出綠色閃光，直接經過我的手底下。

「嗚咿！」

雖然忍不住發出悲鳴，但也只是感覺到些許衝擊，並沒有受到傷害。當我準備放手時，莉法又做出了指示。

「就這樣拿著！」

下一刻，她又發動冷卻時間剛結束的「大瀑布」。接著是「小瀑布」。然後又是「大瀑布」。

加上這總計六次的斬擊之後，物件的耐久度恐怕已經到了極限，圓木的邊緣像是玻璃一樣粉碎並且消失。殘留在我手上的是尺寸多少有些不一——由於圓木是半圓形所以也沒辦法——但被漂亮的平行線切斷的六片木板。加上最初的一片，可以算出一半的圓木總共可以製成七片木板。

「好精巧的技術，莉法！」

在後方注視著的愛麗絲發出清脆的拍手聲。

「我在盧利特村隱居的時候，也靠著幫忙伐木來維持生計，但也不像妳能如此靈活地削出木板喔。」

「耶嘿嘿，我沒那麼厲害啦。」

當莉法露出奇妙的害羞笑容時，亞絲娜也稱讚了她。

「真的很了不起，雙手劍劍技很難控制，我看連桐人都沒辦法如此準確地擊中目標吧。」

雖然心裡想著「說這什麼話」，但現在不是展現我神技的時候。我默默把六片木板收進道具欄裡，然後繞到小山的另一邊，抬起另一半圓木並確實支撐住。

「就趁勢解決剩下來的圓木吧，拜託妳了，妹妹。」

聽見我的話後，莉法就以相當高興的口氣大叫「交給我吧！」，然後再次舉起長劍。

削完十根圓木之後，時間已經超過晚上八點。距離重量緩衝期間結束還有一個多小時。

託莉法切割圓木時幾乎沒有失誤的福，順利獲得了一百三十片板材，但是修理房子所需要的六種素材裡面，目前只確保了兩種而已。而且剩下來的四種難易度都相當高，應該說連入手的方法都不知道。

「該是想辦法解決鐵礦這個問題的時候了。」

身邊的亞絲娜凝視著火勢稍微變弱的營火這麼說道。雙手環抱在胸前的我也點了點頭。

「嗯……高爐只要從河邊撿石頭來就能製成，問題是要加到裡面的礦石。正如我剛才所說的，應該能在洞窟內找到，不過當然會出現怪物……而且還是比外面還要強的傢伙……」

「嗯……如果我們也能用劍就好了……」

亞絲娜很懊悔般看著自己的右手。我的心情也跟她一樣，不對，我連防具都無法裝備，所以懊悔的程度應該比她多了五成。獲得四小時的緩衝期間固然相當不錯，但是強制轉移的瞬間必須裝備著，之後也不能解除裝備的條件實在太嚴苛了。在街上或者家裡卸下武器是常見的事，被捲入這場變異裡的數十萬人當中，也有許多跟我和亞絲娜一樣，不是坦克職然後也無法拿武器的玩家吧。

目前ＭＭＯ Today的留言板以及各種ＳＮＳ上，應該充滿關於這個事件的話題了吧。雖然很想登出去盡情收集情報，但還是得趕緊收集修補圓木屋的資材才行。唯一的倚靠莉法也快要無法使用愛劍仲夏之風了。

「話說回來……」

亞絲娜突然壓低聲音說：

「……桐人，你為什麼會知道哥哥有那條網路線呢？」

「沒……沒有啦，關於這件事嘛……」

剛才登出時從Augma傳送電子郵件的對象，正是亞絲娜的哥哥結城浩一郎。由於我知道他偷偷在自宅設置了一條不經過家用伺服器的獨立網路線，所以就拜託他讓亞絲娜使用那條線路。但已經沒時間說明這部分的詳細經過，所以我就做出最低限度的說明。

「……在這之前，我跟浩一郎約好要帶他遊歷新生艾恩葛朗特，就是那個時候得知獨立線路的事情。」

下一刻，亞絲娜就發出呼咻的怪聲。

「怎……怎麼了？」

「嗯……不論過多久，聽見桐人稱呼哥哥『浩一郎』還是會不習慣……」

「是他要我這麼叫的……——總之這樣亞絲娜就能不用擔心挨罵，一直潛行到深夜也沒關係了。」

「雖然有點罪惡感，但是媽媽好像也很喜歡這間房子，我將來會找機會坦承一切並且向她道歉……」

輕輕嘆了一口氣後，亞絲娜像是要轉換心情一樣開始深呼吸。

「那……那麼，尋找鐵礦石之旅就……」

但是這句話還沒說完就被打斷了。再次從森林深處傳來野獸的吼叫聲。而且這次不是從遠方，而是可以感覺到明確敵意的吼叫。還能聽見啪嘰啪嘰灌木折斷般的聲音。

「桐人！」「哥哥！」

原本在稍遠處的愛麗絲與莉法跑了過來。四個人雖然迅速擺出了武器，但也只有莉法拿著比較像樣的劍，三個原住民的粗糙石器小刀看起來很可憐。但這樣應該比空手要好得多了……
我這麼對自己說道，同時握緊捲著草繩的握柄。
比剛才更近的地方再次傳出某種低吼。吼嚕嚕嚕嚕……的渾厚聲響讓人聯想到大型摩托車的空轉聲，但是這個世界不可能存在那種東西。或許是因為營火的火焰太過刺眼吧，即使凝眼看向黑暗的森林深處，也無法看透並排的樹木後方。
是不是該熄滅營火……但是，敵人是動物型怪物的話，可能會害怕火焰。火種是打火石的話，一旦將火熄滅應該很難在戰鬥中再次點火了。
就像看透了我這樣的思緒一般，響起了第三次簡短的低吼。踩踏樹枝的「啪嘰啪嘰」聲，從草地的北邊緩緩往西邊移動。聲音的主人已經靠近到樹木群的正後方了。
「放心吧。」
我以聽起來不太能放心的沙啞聲音這麼說道。
「就算那是怪物，應該也是剛開始時的雜兵敵人。拿石頭小刀應該也能打倒。」
「……也就是像ＳＡＯ的藍色野豬那樣嘍？」
我對亞絲娜的話輕輕點了點頭。
「對對，應該是等級比野豬更低的，比如說野狼、狐狸或者海狸鼠之類的……」
「桐人，海狸鼠是什麼東西？」

聽見愛麗絲的問題，我原本打算回答「像是水豚那樣的動物」，但又想到她應該也不知道水豚這種動物，於是開始思考……Underworld裡那種長耳朵的大老鼠叫什麼名字。但在我想起答案之前，更加凶暴的咆哮就從火焰的相反方向響起。

「咕嚕囉囉囉哦哦哦哦！」

接下來一大群灌木叢就發出「啪嘰啪嘰啪嘰」的噪音並且整個被掃倒，一道巨大的影子從深處衝進草地。造成地面震動的物體往這邊猛衝，最後在營火前面突然站了起來。

好高大。到頭頂的高度隨便也超過兩公尺。有著粗大的四肢、圓滾滾的頭部，爪子與牙齒都異常地長且尖銳。這個全身長著黑褐色皮毛的傢伙，怎麼看都不是野狼或狐狸，當然更不是海狸鼠——

「大……大……大熊————！」

以左手指著巨大身軀並這麼大叫的莉法，接著又用那隻手指著我說：

「哥哥，這哪裡是雜兵敵人了！」

「咦，奇怪了……」

我歪起脖子後才終於發現一件事。

連同圓木屋一起從新生艾恩葛朗特分離的我們，不知道是空氣阻力還是浮遊城離心力的影響而掉落到距離十七公里之外的地點。從現實世界來看不過就是川越市到和光市左右的距離，但RPG裡的十七公里算是相當遙遠，而且艾恩葛朗特的墜落位置不一定是這個遊戲的起點。周圍的練功區出現中級以上的怪物也一點都不奇怪。

「吼嚕嚕嚕……」

像是要證實我的推測一般，巨熊以兩腳直立的姿勢發出低吼。營火的亮光清晰地照耀出牠脖子下方宛如閃電一般的鋸齒狀圖案。結果不是月牙熊而是閃電熊嗎？雖然想知道正式的怪物名稱，但無論怎麼看這隻熊都是以我們為攻擊目標了，頭上卻沒有顯示浮標。

是要戰鬥還是逃走呢？

我往上看著牠發出紅光的雙眸，同時拚命思考著。相對於所有人都是等級1的我們，如果熊的等級是10的話那就完全沒有勝算。但就算要逃走，也只有圓木屋裡面或者西南的河岸邊兩個選項，現在房子的牆壁開了個大洞，河裡也可能有其他怪物盤踞。加上現在手邊沒有照明，要是就這樣在黑暗裡奔跑，應該不到十秒鐘就會被絆倒了吧。

就在這個時候。

營火裡的柴火發出「啪喀」一聲並且崩塌，濺出了大量火光。巨熊像是以此為信號一般將前腳放到地上，以銳利的爪子抓了幾下土之後，猛然往這邊衝過來。

「桐人，要戰鬥嘍！」

如此大叫的莉法，重新擺出了仲夏之風。已經沒有時間猶豫了。回叫了一聲「正面交給妳！」後，我也擺出小刀跳到熊的右側。亞絲娜也同時往左側跳躍，而愛麗絲則是負責幫忙莉法。

「吼啊啊！」

邊跑邊發出低吼的熊，毫不畏懼營火的火焰般直接一躍而過，然後在莉法眼前落地。再次以後腳站立，高高地舉起雙臂。莉法的身材絕對不算嬌小，但或許是黑褐色毛皮融入黑暗中所致吧，熊的身高看起來是她的三倍大。

但是風精靈族的劍士依然不感到害怕。

「喝啊！」

她隨著喊叫聲突進，長劍往巨熊空門大開的左腹一閃而過。深紅的傷害特效飛濺，這時候熊頭上終於顯示出紅色浮標與ＨＰ條。

這個世界首見的浮標是呈銳利紡錘貫穿旋轉圓環的形狀。凝眼之下，ＨＰ條與怪物名稱就並排在圓環的上下方。巨熊不是用英文而是用片假名顯示的名字是……「尖刺洞熊」。

瞬時看到這裡的我，發現四根鉤爪斜向撕裂視界。洞熊發出風聲來舉起右手揮落，但是卻揮空了。莉法以完全感覺不出翅膀消失這種不利條件的敏捷度往後飛退，一避開爪子攻擊就再度揮劍。這次也漂亮地命中目標……但是洞熊的ＨＰ才減少了一成左右。

長劍仲夏之風在古代級武器裡也算是上級的神兵利器，如果這個世界也繼承了原本的能力，就算裝備者只有等級1應該也能一擊屠殺初期怪物才對。但是從攻擊竟然沒有造成太大的傷害來看，就能知道那隻熊的等級相當高。

「咕嚕哦哦哦哦！」

迸發出憤怒咆哮聲的洞熊，像是要阻斷莉法的退路般整個攤開雙臂。牠似乎是想抓住莉法之後才咬上去。這下子就連莉法也不敢隨便靠近了。

但是此時不知道什麼時候繞到洞熊背後的亞絲娜果敢地往前突進。

「呀啊啊！」

尖銳的喊叫聲與「咚滋」的沉重聲音重疊在一起。握在亞絲娜右手的石頭小刀深深陷入毛皮當中，瞬時拔出來後就灑出紅色光點。

雖然只是細微的傷害，但是有引起洞熊注意的效果。牠轉過身體想去追亞絲娜，但是卻不擅長直接迴轉，腳步看起來相當沉重。

感覺洞熊的注意力被錯開的瞬間，我就對愛麗絲使了個眼神，然後同時往地面踢去。兩個人默默地把小刀插進野獸的側腹部與背後。發出「咕哦哦！」吼叫聲的洞熊整個仰起身體。

我和愛麗絲才剛飛退，莉法就發動了單手劍用劍技「圓弧斬」。發出藍色閃光的V字陷入洞熊的巨大背部。這次肉眼已經可以看出HP條的減少。目前剩下七成左右。

——行得通。

拿著小刀的三個人擾敵，製造出空檔時由莉法轟出大技的話，再四擊，不對，是三擊就能打倒牠。如此確信的我，為了向眾人做出重複剛才的程序而吸進空氣。但是……

「吼嘎哦哦！」

發出更凶猛吼叫的洞熊，回歸四腳步行後就大動作朝森林跳去。一瞬間還以為牠是要逃走，結果並非如此。趴下來後似乎可以快速轉身，揚起土塵並且反轉後就再次站了起來。牠張開雙臂，將頭朝向天空，然後身體後仰到極限——

清楚浮現在胸前的閃電圖樣，像是另一種生物一樣產生震動。

牠要攻擊了。

感覺背後閃過一道寒意的我立刻準備大叫。

「迴避……」

但已經太遲了。形成閃電圖樣的純白色硬毛，像豪豬一樣筆直地豎起，發出破風聲後射擊了出來。數量總共有數十……不對，是數百根嗎？

「桐人！」

如此大叫的愛麗絲，衝到我的眼前並且交叉雙臂。下一刻，尖刺形成的暴風雨就吞沒了我們。可以聽見金屬鎧甲「喀喀喀喀喀嗯！」彈開尖刺的聲音，以及皮革與布料被貫穿的聲音。

然後我的右肩與左腳產生了不至於說是疼痛——但與其極為相近，混合著強烈冷熱感的感覺。

視界左上方的ＨＰ條一口氣減少七成以上變成濃濃的橘色。其他三個人的ＨＰ也減少了一半。把視線移往右肩，就看見呈乳白色但帶著些許金屬光澤，長十五公分寬兩公釐的尖刺深深陷在裡面。

心裡雖然想著「才被兩根這種東西刺中ＨＰ就減少了七成嗎！」，但我是沒有裝備任何防具且等級只有1的玩家，而對方大概有10級以上，所以沒有立刻死亡已經算幸運了吧。如果愛麗絲沒有衝出來幫忙抵擋攻擊的話，我一定早就死了。

顯示尖刺洞熊這個正式名稱代表什麼意思的敵人，把前腳放到地面，像是確定自己獲得勝利了一樣發出低吼。熊毛尖刺的攻擊範圍似乎相當寬廣，莉法與亞絲娜的防具上也刺了十根以上的尖刺。只要再遭到同樣的攻擊，我們就會全滅了。

「暫時撤退吧！」

我一做出這樣的指示，亞絲娜就保持小刀對著洞熊的姿勢大叫：

「要逃到哪？」

「只能到房子裡面了！」

「但是牆壁上開了個洞！」

圓木屋的左側確實嚴重受損，牆壁上開了個大洞。要是洞熊從那裡跑進來的話——

「到時候再說吧！」

聽見我的答案之後，不只有亞絲娜，連愛麗絲與莉法臉上都露出「我就知道」的表情，不過三個人也立刻點了點頭。

洞熊再次慢慢地逼近。感覺牠發出紅光的雙眼，散發出獵物一旦露出背部就要飛撲過去的殺氣。

我以手勢讓三個人退下，自己也緩緩往右後方移動。目標是製作完木板後沒有使用的圓木山後面。在不露出空隙的情況下慎重後退，當圓木擋住洞熊視線的瞬間，我就大叫：

「快跑！」

當我們朝著圓木屋玄關猛衝的同時，背後的洞熊也發出吼叫。

「嘎哦嚕嚕！」

巨大身軀踢著地面引起震動。接著是雷鳴般的巨大聲響。

迅速回頭就看見頭部撞上圓木山的洞熊被崩塌的圓木壓在底下的模樣。心裡雖然想著「可不可以就這樣被壓死」，但事情當然沒有那麼簡單，洞熊輕鬆彈開壓在身上的圓木再次展開突進。ＨＰ條似乎稍微減少了一些，但還是連一半都不到。

「桐人，快一點！」

亞絲娜的聲音讓我往前看，發現女孩子們已經抵達玄關門廊。我也拚命猛衝，直接跳過坍塌的樓梯進入圓木屋內。後手抓住門把，以甩門般的動作把門關上，就在兩秒鐘後。

厚重的門隨著「咚喀——！」的衝擊聲往後彎曲，整間圓木屋都不停地震動。破了洞的屋頂與碎裂的橫梁都不停落下木片。

「快……快擋住門！」

我才剛叫完，亞絲娜她們就把雙手貼在門上。下一刻，再次傳來衝擊。門扭曲得比剛才更嚴重，原本以為會離開門框，幸好這次也努力撐了下來。

經過兩次身體撞擊後或許是放棄了吧，可以感覺到洞熊遠離的氣息。就這樣直接回森林去吧……雖然內心這麼祈求著，但腳步聲卻逐漸往右邊移動。

我也墊起腳尖來行走，偷偷從玻璃破掉的窗戶往外看。下一刻，就像是在等待著我這麼做一樣——

「嘎呼嗚！」

發出凶猛吼叫的洞熊，直接朝著這邊突進。我雖然急忙把臉縮回去，但牠還是不管三七二十一地用頭撞向牆壁。應該比大門更加堅固的圓木材發出咯吱咯吱的悲鳴，整個客廳都有木屑落下。

亞絲娜點了一下附近的牆壁，瞥了一眼屬性視窗後就發出悲鳴般的聲音。

「桐人，房子的耐久力在減少！」

「嗚……」

雖然忍不住咬緊牙關，不過被那樣龐大的身軀撞擊了三次，這也是很正常的現象。繼續這樣躲下去的話，圓木屋最後將整個遭到破壞。

有沒有什麼——有沒有什麼方法可以擊退那隻猛獸呢？

我拚命地環視室內，如果食物庫裡有乾燥辣椒瓶的話就可以對著牠的鼻頭投擲了，但是轉移到這個世界來的時候室內的物品不論是家具還是食物就消失得一乾二淨。唯一殘留下來的是自宅倉庫欄的收納箱，但裡頭也是空無一物…………

不對。

我一瞬間閃過一個點子。我看著收納箱，然後看向開了個大洞的天花板，接著再次看著箱子。很勉強嗎……但是，這個世界申請交易的射程距離如果跟SAO或者ALO相同的話，應該就能傳遞得到。

「愛麗絲，妳在那邊跪下來吧！」

聽見我的指示後，貓耳騎士先是露出搞不清楚狀況的表情。接著就是第四次衝擊搖晃著房子。情勢已經是刻不容緩了。

露出嚴肅表情的愛麗絲，在我指定的位置跪了下來。

「失禮了！」

這麼叫完，我的光腳丫就踩上她右邊的護肩。愛麗絲雖然發出「啥啊？」的驚訝聲，但我還是不顧一切，把她當成踏台跳了起來，然後全力伸長自己的手。

即使是遭到重置的能力值，指尖還是好不容易碰到了梁柱。手忙腳亂地爬了上去，又向其他人做出新的指示。

「亞絲娜，把自宅倉庫欄的圓木全部拿出來交到莉法身上！」

身為我多年的搭檔，應該早就習慣我做出魯莽的要求了吧，亞絲娜不問理由就立刻擊點收納箱。一開始操作出現的視窗，就像無法承受透明的超重力般用手撐住地板。但還是露出拚命的表情來叫出環狀選單，對著遠在兩公尺外待機的莉法傳送交易申請。

負重的原因轉移的瞬間，這次換成莉法的膝蓋整個下沉。原本準備對發出「好重啊〜〜」呻吟的她做出接下來的指示，不過已經沒有那個必要了。莉法操作已經叫出來的選單，對愛麗絲傳送交易申請。接下物品的愛麗絲則對正上方的我提出最後的申請。

雖然有好一段距離，但視界還是出現小小的視窗。接下來就是在ＶＲＭＭＯ世界生活了好幾年的人才能展現的技巧與智慧了。

交易視窗的射程距離大約是二．五公尺。但是一旦接到申請，不論同不同意交易都可以再移動一公尺左右。我就在顯示著【接到來自Ａｌｉｃｅ的交易申請。請問是否接受？】的小視窗的情況下在梁柱上站起來。

頭上的屋頂開了一個人類可以輕易穿過的大洞。我抓住洞的邊緣，以拉單槓的要訣抬起身體。在身體快移動一公尺之前，放開一隻手來按下小視窗的接受鍵。然後立刻把手放回去，以全部的力量將身體抬到洞穴外面。

跪在屋頂上的同時……

【接收了150根古老旋樹經過製材的圓木了。】

眼前就出現這樣的視窗，全身也承受著強烈的重量。我在斜面上趴下來，拚命不讓自己從上面滾落。

應該是注意到出現在屋頂的我了吧，屋簷底下的洞熊發出渾厚的吼聲。雖然營火已經快要燒完，但還是好不容易可以看見為了取得助跑距離而往後退的黑色巨軀。位置是我右側一公尺左右的地方。

現在用不到技巧與智慧了。再來就只需要骨氣了。

「唔唔喔喔喔喔喔！」

以不輸給洞熊的聲音大叫之後，我伸長了折疊起來的雙臂，無視【強健技能的熟練度上升為3】這樣的系統訊息，擠出全身的精神力將身體移往右邊。二十公分……五十公分……七十公分……一公尺。

「嘎咕哦哦哦哦哦！」

以完全不像熊的聲音怒吼之後，尖刺洞熊就開始第五次的突進。在陡峭山形屋頂上的我，受到接下來的衝擊襲擊的話應該就會滾落到下面去，但還是壓抑下恐懼感操作著環狀選單。擊點顯示在道具欄裡圓木的立體圖示，選擇實體化後食指就用力按下ＯＫ鍵。

眼前有好幾根粗四十公分的圓木實體化，從屋頂的斜面滾動著落下。圓木不斷地出現，完全遮蔽了我的視界。但是清晰地聽見最初的圓木猛烈撞上地面的衝擊聲。以及變成肉墊的熊所發出的悲鳴。

旋松的圓木永無止盡般地出現，快速從屋頂上滾動並飛向空中。這本來就是理所當然的事情，因為這間房子的自宅倉庫欄裡收納了一百五十根的圓木。不論是力量如何強大的男人，把它們全都放進自己的倉庫欄裡的話，不要說走路了，應該連站起身都辦不到吧。但只要利用交易視窗的射程距離，就能藉由複數的玩家來進行移動。

沉重的掉落聲毫不中斷地持續著，不知不覺間就聽不見熊的悲鳴了。不怎麼寬敞的草地應該被滾落的圓木塞滿了吧，跟失去圓木屋的悲哀比起來，花時間回收這些圓木不過是不足掛齒的小事，不論是一百五十根還是一千根，不對，應該說一萬根都沒問題……

我這麼想著，同時注視終於來到最後一根的圓木從屋頂上滾落。

突然響起一段由陌生、隆重卻又有種寂寞感的音色所演奏的喇叭聲，我的身體也包裹在藍色光圈裡面。光圈高速旋轉並穿越我的頭頂，消失之後眼前就出現新的視窗。

【Kirito的等級上升為13。】

——突然就從1升到了13？為什麼會上升那麼多？因為滾落許多圓木嗎？

一瞬間出現這樣的想法，但立刻就注意到某個事實。獲得大量經驗值的理由當然不是滾落圓木，而是變成圓木肉墊的尖刺洞熊已經死亡的緣故。原本只是想讓牠嘗點苦頭，如果願意逃走就好了，不過一百五十根的圓木大瀑布似乎完全奪走洞熊剩下來的HP了。

但是那為什麼升級訊息的前面沒有出現獲得道具訊息呢？就算是野生動物型怪物，打倒之後即使沒有錢應該也有素材道具掉落才對啊。

感到奇怪的我慎重地在屋頂上爬行，然後窺看著草地。

我立刻就知道沒有掉寶的原因了。凌亂堆積起來的圓木海中央，可以看見洞熊四肢整個攤開的遺骸。這個世界裡，怪物就算HP歸零也不會像SAO那樣四散，屍體似乎會殘留下來。也就是說想要獲得掉寶的話，就必須想辦法處理屍骸。

認為這樣的話屍體應該不會立刻消失，於是我就回到屋頂的洞穴。由於這時候才掉落的話就蠢到了極點，我便慎重地從腳部進入洞穴，經過梁柱回到室內。下一個瞬間。

「太棒了，桐人！」

隨著這樣的歡呼聲，亞絲娜像砲彈一樣衝過來抱住我的脖子。我輕拍著她嬌小的背部，正準備表示都是靠亞絲娜的努力，但立刻又注意到站在附近的愛麗絲與莉法那帶有豐富言外之意的視線。於是就把快說出口的話略微修正。

「都……都是靠大家這麼努力的福喔。」

剛這麼說完，愛麗絲就以「本來就是這樣」的認同表情點了點頭。

好不容易撐過巨熊襲擊這個來到此世界後最大的——不對，最大危機應該是艾恩葛朗特墜落，所以應該算是第二大危機之後，我們就分頭再次把所有圓木放回自宅倉庫欄裡。再來就只剩下巨熊的屍體了。

「……那麼，這個該怎麼處理……？」

莉法以微妙的表情對眾人這麼問道，亞絲娜與愛麗絲就默默地看著我。愛麗絲在Underworld時應該有處理過狩獵得來的動物吧……心裡雖然這麼想，但又覺得這時候應該由自己想辦法處理，於是便握緊石頭小刀。

就算Unital ring的畫質再精細，也不可能完全重現屍體的內部吧。這麼一來，獵物的解體應該是一兩個動作就能完成了。拜託一定要這樣……內心這麼祈禱著，同時把小刀插進熊的下顎。一口氣從胸口切到腹部之後，巨大屍體就發出炫目閃光然後直接消失，有大量的物件重重掉落到同一地點。

【獲得了解體技能。熟練度上升為1。】

某種程度上已經預測到會出現這樣的訊息，所以立刻消除視窗，望著堆積在地面的道具群。除了毛茸茸的毛毯般的熊皮之外，粉紅色的巨大塊狀物應該是熊肉吧，然後還有其他各種小道具散落在地上。

「不會直接進入道具欄裡啊……」

如此呢喃的亞絲娜，從地面撿起某樣東西。那是長大約十公分，而且呈大角度彎曲的爪子。看見這種情形的愛麗絲，隨即用險峻的表情回應：

「但是這樣的話，所有權該如何管理呢？」

「應該是……誰撿到就歸誰吧。」

這麼回答完後，我也發出了沉吟聲。

「嗯，但是熊皮和熊肉之類的也就算了，像大規模的聯合部隊戰鬥時，要是有稀有武器或道具掉寶時應該會引起很大的騷動吧。就算事先決定獲得權，系統上應該也可以無視這種協議才對……」

所有人一起發出沉吟思考著這個問題，不過應該還要好一陣子才會面臨這樣的問題吧。亞絲娜把熊爪輕拋給我，然後以空下來的雙手輕輕拍了一下手。

「嗯，反正現在只有我們幾個人。把熊先生留下來的素材收到道具欄裡，繼續收集修補道具吧。」

「說得也是。」

我點完頭後就叫出環狀選單。尚未變色的圖示終於只剩下一個。距離緩衝期間結束還剩下三十分鐘。看見這種情況的莉法也以感到事態嚴重的表情點點頭。

「話雖如此，但是桐人，接下來就得收集鐵礦才行了吧？你知道要去哪裡找嗎？」

「嗯……也不是沒有啦。」

「咦，真的嗎？要去哪裡？」

在三人認真地凝視之下的我，以兩根手指抓起亞絲娜丟給我的熊爪，然後把它轉了一圈。

「去這傢伙的家。」

6

「感覺……很像白芋苗耶。」

莉茲貝特的話讓右手拿著木頭湯匙的西莉卡不停地眨眼。

「白……白芋苗？那是什麼啊？」

「咦，西莉卡不知道這種說法嗎，就是那種ＱＱ又有嚼勁的食物……」

「ＱＱ又有嚼勁……」

即使重複了一遍奇怪的形容詞，依然搞不清楚莉茲貝特想要表現的是什麼食物。

西莉卡拿在左手的碗裡，倒著滿滿發出香料味道的湯。加在裡面的食材就只有一些碎肉，以及某種義大利麵般的扭曲繩子狀物體。其實早就知道繩子的真面目——也就是西莉卡與莉茲貝特辛苦製成的「五浦草的簡陋細繩」。

看見莉茲貝特完成咀嚼之後，西莉卡也從湯裡撈起細繩。雖然長度整齊地切成七公分左右，但是看見兩端軟趴趴下垂的模樣就實在沒有什麼食欲。猶豫了好幾次後才狠下心來放進嘴裡。

咀嚼之後，首先是QQ的彈力把牙齒推了回來，然後隨著有嚼勁的纖維感被切斷。這確實是QQ又有嚼勁。繩子本身沒什麼味道——真要說的話大概就是吸了滿滿湯頭的味道，不過口感意外地不會讓人無法接受。應該說，在現實世界似乎也吃過口感類似的食物。

一邊咀嚼一邊探索記憶的西莉卡，遙遠過去的味覺就突然甦醒了。

「啊……這是髓莖嘛！以前在佐賀的祖父那裡曾經吃過！」

西莉卡一這麼說，這次就換成莉茲貝特露出「胡說些什麼」的表情。

「什麼髓莖～？是白芋苗吧？」

「我不知道那種食物。這絕對是髓莖喔。」

兩個人發出低吼並互瞪之後，對面以高雅動作吃著食物的結衣就發出輕笑聲。

「莉茲小姐、西莉卡小姐，妳們兩個人說的是同一種食材喲。白芋苗與髓莖都是芋莖的方言。」

「芋莖……？」

「就是芋屬植物的莖。可以直接煮，或者曬乾後再泡水調理。我當然沒有吃過，所以無法判斷這種五浦草和芋莖有多麼相似。」

「哦～～是芋頭的莖嗎……」

莉茲貝特再三看著橫躺在湯匙上的煮五浦草，同時開口這麼說道。

「……我記得The seed系列的遊戲，裡頭食物的口味和口感都是拿現實世界的食物來作範例對吧。這樣的話，五浦草說不定就是取樣自白芋苗喲。」

「是髓莖啦。」

立刻插嘴這麼說完後，西莉卡就再次吃起五浦草，然後用手指捏起咬斷的一半，將其靠近坐在膝蓋上的畢娜。小龍動著鼻子嗅了幾下後就一口咬下。看來牠不討厭這種味道。

三人一獸是坐在一張直徑足有十公尺左右的圓形帳篷角落。不過因為距離入口很遠，而且地板上還鋪著軟綿綿的毛皮，所以說不定算是上座。

跟蒙古游牧民族使用的蒙古包十分類似的帳篷，中央的部分挖了一個巨大的爐床，上面放了一個巨大的鐵鍋。巴辛族的大人與小孩圍著鍋子坐成一圈，熱熱鬧鬧地用餐當中。鍋子裡面裝著是西莉卡她們所喝的那種湯。提供六十條從崖下洞穴拿來的「五浦草細繩」當成住宿費後，相當高興的巴辛族人就邀請她們用餐。看來那對巴辛族的人來說是一種山珍海味。

嗯，吃習慣之後或許會覺得美味啦……心裡這麼想的西莉卡把湯喝完之後，在荒地遇見的男槍使——目前沒有拿槍——就靠近發出開朗的聲音。

「XXXXX。」

雖說依然聽不懂他說的話，不過結衣立刻就幫忙翻譯了。

「他問要不要再來一碗。」

「咦…………」

忍不住看了一下旁邊，結果莉茲貝特呢喃著「拒絕的話很失禮吧？」，就覺得確實如此而伸出碗來。

接過碗的槍使發出愉快的笑聲後，留下一句「xxxx、xxxxx」就往爐床的方向走去。

「結衣，那個人說什麼？」

「那個……」

不知道為什麼一瞬間露出猶豫的模樣後，ＡＩ少女才小聲回答：

「他好像說『以菲爾族的女孩子來說，妳算是大胃王了』。」

「什……什麼大胃王……是他自己問我要不要再來一碗的耶……」

由於旁邊的莉茲貝特發出「唔嘻嘻嘻」的笑聲，西莉卡就用手肘輕輕撞了她一下，然後才詢問在意的單字。

「那個……菲爾族是什麼意思？」

「不知道呢……這是我的內部記憶也不存在的單字。我想應該和『巴辛族』同樣，是住在這個世界的民族之一吧……」

聽見結衣這麼說後，莉茲貝特就把碗裡剩下來的湯一口氣倒進嘴裡，大口把它們吞下去後便開口表示：

「也就是說，這個叫作『Unital ring』的世界，除了巴辛族之外還有各種民族的NPC生活在其中吧。如此一來，應該也有文明較進步……像艾恩葛朗特的『起始的城鎮』那樣的大都市吧？」

「啊，確實有可能……」

西莉卡一邊點頭一邊往上看著帳篷的屋頂。由染著樸素圖樣的厚布所製成的屋頂，爐床的正上方有一個不知道為什麼是星型的排煙孔，從該處可以稍微看到漆黑的夜空。

帶西莉卡她們來到這裡的巴辛族居住地，只不過是由一張大帳篷與七八張小帳棚所組成，以規模來說甚至稱不上村莊。其居住地外圍有許多關在柵欄裡的山羊（一般的動物），他們或許不是定居而是過著游牧民族般的生活，總之似乎沒辦法從這裡獲得西莉卡她們需要的「裝備」與「情報」。

當然現在還可以使用從ALO拿過來的武器與防具，但是根據結衣的推測，能夠無視超重的緩衝期間只能到環狀選單的圖示全部變色之前，也就是說剩下不到三十分鐘似乎就要結束了。在這之後就必須把用慣的輕鎧與短刀收進道具欄，轉換成更加輕量的裝備才行，這樣下去的話可能有好一陣子只能穿著內衣褲來硬撐過去了。由於巴辛族的女性也都做很涼爽的打扮，所以不會太過顯眼就是了。

「……但是，就算某個地方有大城市，在前往該處的路途上也會有怪物出沒吧……」

西莉卡一這麼呢喃，莉茲貝特就露出嚴肅的表情點了點頭。

「說得也是。真是的，緩衝期間只有四個小時實在太短了……這樣光是要製作登出時的基地就忙昏頭了，哪還有時間獲得新的裝備呢。」

「莉茲小姐好不容易帶過來的打鐵技能也無用武之地了。」

「抱歉喔，把打鐵技能鍛鍊地比鎚矛技能還要高。」

莉茲貝特像是鬧彆扭般噘起嘴來，西莉卡就用指尖輕輕捏著她的上臂。

「別這麼說，我們都很倚賴妳喔～」

「喂，別捏別捏！」

當她們進行這樣的對話時，巴辛族的槍使就拿著冒熱氣的碗走回來。道完謝並且接過碗後，西莉卡就立刻把湯匙插進裝了滿滿髓莖——不對，是五浦草的碗裡。

槍使雖然也詢問稍晚吃完的莉茲貝特與結衣是否要再來一碗，不過兩個人都客氣地婉拒了。這時結衣對點完頭就準備離開的男人搭話：

「ㄨㄨㄨㄨ、ㄨㄨㄨㄨㄨㄨㄨ、ㄨㄨㄨㄨ？」

「ㄨㄨㄨㄨㄨㄨ、ㄨㄨㄨㄨㄨㄨㄨㄨㄨ。」

聽起來依然像是雜音的對話持續了一陣子，槍使就做出攤開雙手的動作然後才回到爐床後面。

「結衣，你們剛才在說什麼？」

莉茲貝特一這麼問，少女就低頭看著自己身上的白色洋裝並回答：

「我拜託他如果有多餘的防具，希望可以轉讓給我。」

「喔……喔喔，好棒的交涉力……」

「不，對方說這個野營地裡沒有任何不需要的東西……不過似乎願意跟我們交易。」

「說要……交易也……」

西莉卡低頭看向自己的身體。

轉移到這個世界時道具欄就已經是空無一物了，現在西莉卡的財產就只有一組防具與愛刀「伊蘇斯雷達」。即使馬上就要無法裝備，也不能把它們交出去。坐在大腿上嚼著滷髓莖的畢娜就更不用說了。而莉茲貝特的情況也跟自己一樣。

但是結衣立刻搖頭，說出了意想不到的話。

「不，他們要求的不是西莉卡小姐妳們的防具，似乎是勞動力……不對，應該說是戰鬥力吧。」

「戰……戰鬥力……？」

「嗯，槍使先生……他的名字似乎是『達吉魯』先生，根據他所說，往南方落下的除了艾恩葛朗特之外，還有另一個掉落在野營地東北方的小星星。由於必須去確認上面是不是也有惡魔，如果我們願意在前去調查時出一份力的話，他說可以給我們武器和防具。」

「小星星……？」

一這麼呢喃，西莉卡就看向天花板的排煙孔。小小的夜空裡幾乎看不見星星。巴辛族看見的恐怕不是所謂的流星，而是從掉落的艾恩葛朗特分離出來的樓層碎片。

說出這樣的推測後，莉茲貝特就以懷疑的口氣表示：

「嗯……但是，我們到這裡之前已經走了很多路了吧？艾恩葛朗特的碎片會掉到這麼遠的地方來嗎？」

「根據碎片的形狀，我覺得……有可能。」

這麼回答的是結衣。她在洋裝裙襬稍微露出的膝蓋上握緊雙手，然後繼續表示：

「The seed系列的ＶＲＭＭＯ本來就將物理演算引擎的空阻值設定得比現實世界還要大。我想是為了防止從高處落下時的心理衝擊引發AmuSphere安全機制的緣故……因此就算是相當巨大的物件，進入乘著風的形態時，就可以滑行比想像中還要遠的距離。只不過偶然出現這種情形的機率很低，大部分需要經過玩家的調整……」

「唔嗯嗯……」

好不容易消化有些困難的說明後，西莉卡的視線就從結衣轉到莉茲貝特身上。

「莉茲小姐，如果碎片上有一部分城鎮在上面，就有機會從那裡得到裝備或者消耗道具吧。」

「嗯，我不會說絕對不可能……不過我覺得應該是高山或者原野喔～」

「就算是這樣，或許可以採集到這邊附近無法獲得的稀有素材。就算落空了，對方也說只要幫忙調查就給我們裝備了，我覺得應該要接受提議才對！」

「妳還是喜歡有好處的事情耶。」

雖然以傻眼的表情這麼說著，但莉茲貝特最後還是輕輕點頭了。

「嗯，反正也沒有其他選項了——結衣，那個……是叫作達吉魯先生嗎？可以請妳跟他說我們願意幫忙協助調查嗎？」

「好的！」

結衣站起來，走到爐床旁邊對槍使搭話。再次交談後，槍使就看著西莉卡她們，然後一邊咧嘴露出笑容一邊舉起拿在右手的杯子。當西莉卡因為交易成立而準備鬆一口氣時。

「ㄨㄨㄨ！」

才剛響起凶猛的叫聲，帳篷入口的布幕就被粗暴地推開來。緩緩進入的是比至今為止見過的巴辛族都要高壯的——女戰士。

只有胸部與腰部周圍穿著皮鎧的她，除了身高之外暴露的程度也遠高於其他女性。肌膚上畫著精緻且勇猛圖案的女戰士，大步走到爐床前面後就以沙啞但清晰的聲音對槍使搭話。對話持續了好一陣子，不過看起來女戰士的地位似乎高於槍使。她不時看向西莉卡等人的視線裡，可以感覺到混雜著明顯的敵意與輕蔑之色。

最後槍使聳起肩來點點頭，原本待在附近的結衣跑回來後就對西莉卡她們說：

「那個女人叫作『伊賽魯瑪』，好像是這個野營地的領袖。伊賽魯瑪小姐表示……想參加偵查的話就展現自己的實力。」

「展……展現實力……」

莉茲貝特在雖然站起身子但不知所措的西莉卡身邊呢喃著：

「難道是活動戰鬥嗎？如果是這樣，那就交給妳嘍，西莉卡。」

「咦……咦咦？我嗎？」

「因為我帶來的不是武器而是打鐵技能啊。」

「就算是這樣，我也還是等級1啊！」

雖然小聲地這麼抗議，但莉茲貝特還是只有露出微笑並且拍著西莉卡的肩膀。

早知如此就應該以蠍子或者避日蛛為對手來提升一些等級……但此時這麼想也只是事後諸葛。而且從艾恩葛朗特掉下來到遇見槍使的這幾個小時裡，光是要存活下來就已經忙昏頭了，根本沒有時間進行定點狩獵。

——ＨＰ減少三成，不對，兩成的話就立刻投降吧。

如此下定決心後，西莉卡就把左手抱著的畢娜遞給結衣。小龍拍動翅膀降落到少女頭上，然後叫了「啾嚕！」一聲。結衣也握緊雙拳說著「請加油喔！」，莉茲貝特則是默默地對她豎起大拇指。

西莉卡就在兩人一獸的注視下走向帳篷中央。

原本在用餐的巴辛族人全都退到牆邊，只有女戰士伊賽魯瑪留在爐床旁邊。靠過去之後就更能感覺到對方的高大。光看身高的話，說不定比大地精靈的斧戰士艾基爾還要高。

雖然到了這個時候才想用溝通來解決這件事情，但雙方依然言語不通，而且緩衝期間恐怕剩下不到十分鐘就要結束了。因為超重而無法動彈的話，想勝過伊賽魯瑪根本是痴人說夢。

女戰士狠狠地往下看著站在爐床對面的西莉卡。硬撐著回望對方後，突然發現她手上沒有任何武器。難道要空手……才剛這麼想的時候，伊賽魯瑪就緩緩彎下腰部，從堆積在爐床角落的未使用木柴裡撿了一根起來。

要用木棒戰鬥嗎？那我也應該這麼做嗎？

狠狠瞪了露出困惑表情的西莉卡一眼後，伊賽魯瑪就開口說道：

「ӾӾӾӾӾӾ、ӾӾӾӾӾӾӾӾ。」

結衣的翻譯立刻從後方傳過來。

「西莉卡小姐，她現在要把柴火丟過來，然後要妳在空中把它劈成兩半！」

「咦……這……這樣就可以了嗎？」

伊賽魯瑪應該聽不懂西莉卡反射性說出口的話才對，但似乎從她的表情裡察覺到什麼。臉色變得更難看的伊賽魯瑪，一發出「ㄨㄨ！」的叫聲就高高拋起柴火。

不用翻譯也能了解她「辦得到的話就試試看」的意思。

右手半自動地一閃，從左腰拔出伊蘇斯雷達。到達拋物線頂點的柴火一邊旋轉一邊掉了下來。

只要正確地瞄準中央並且由下往上砍就可以輕鬆將其砍成兩半了吧。但是西莉卡把愛刀拉到右側腹，接著輕輕翻轉手腕。刀身隨著「鏗咿咿」的聲音發出紅色炫目光芒。伊賽魯瑪猛吸一口氣並且退後一步。

西莉卡藉由系統輔助而加速的右手，像機關槍一樣連續揮擊而出。這是短劍用四連擊技「短刃(Fad Edge)」。

技名的Fad似乎是「反覆無常」之意。正如招式名稱所表示，這招的瞄準會顯得有些凌亂，但西莉卡經過長年的修練後已經練就一身自行修正瞄準的技巧。速度與威力都無可挑剔，而且小刀還是幽茲海姆產的古代級武器。「滋喀喀喀！」的爽快衝擊音晃動帳篷的牆壁，掉落的柴火一瞬間停在空中。

如電光般回鞘的伊蘇斯雷達，在刀口敲出響聲的同時。

柴火也在空中無聲地分離成五塊，然後連續掉到爐床的灰燼裡。

在露出茫然表情的伊賽魯瑪開口說話之前，帳篷的牆壁邊就響起盛大的歡呼聲，小孩子們都跑了過來。西莉卡一邊看著嘴裡叫喚「ㄨㄨ！」「ㄨㄨ！」的小孩子們，一邊希望能盡快學會說巴辛語。

7

九月二十七日，晚上九點五分。

環狀選單的所有圖示終於染上紅紫色的瞬間——也就表示緩衝期間結束的時刻來臨了。

我、亞絲娜、愛麗絲和莉法就在圓木屋的客廳迎接著這個時刻。

原本在選單左上方齒輪圖案的系統圖示上還殘留著一絲藍色，現在也緩慢但確實地轉變著顏色——最後完全消失。那個刹那，連續發生了幾個早已預料到以及未曾預料到的現象。

我最先注意到的是從窗戶照射進來的光芒。那不是朝陽。因為顏色是異常鮮明的紅紫色。

我跑到破窗前面抬頭往上看，就看到夜空中有好幾層光幕正在搖晃。原來是極光啊。

接著就聽見聲音。同時具備幼女的稚嫩以及年長女性的深思熟慮……但是又好像在哪邊聽過的聲音。

「種子發芽，開枝散葉，形成環狀大門。被招待至渴望之地的眾人啊，堅守你們唯一的生命吧。承受大量的苦難，在艱難困境中存活，並且最先抵達極光指示之地者將能獲得一切。」

當從遙遠高處的聲音中斷的同時，點綴夜空的極光也跟著消失無蹤。

——被招待的眾人？將獲得一切……？

持續佇立在窗前的我，試圖要推測剛才那道聲音宣告的話究竟是什麼意思。但是突然聽見背後傳來悲鳴，於是急忙回過頭去。

「怎麼……」

把「了」這個字換成嘆息聲後，我急忙再次呢喃：

「……所以我不是要妳們先脫掉了嗎……」

客廳的中央，可以看見三名女性玩家一起用雙手撐在地上。她們雖然拚命想撐起身體，但似乎光是努力不讓自己趴到地上就已經用盡力氣。四小時的裝備緩衝期間結束，因為高等級防具的重量而超重了。而且獨自裝備著金屬鎧甲的愛麗絲似乎快撐不下去了，她以拚死的表情抬起臉來對我做出命令。

「桐人，你到外面去一下！」

由於早就預料到對方會這麼說，我便乖乖點頭回答「遵命」，接著就慎重地打開似乎快要脫離門框的大門移動到玄關門廊。

遭受尖刺洞熊身體撞擊後，圓木屋受到的損傷更加嚴重。原本幾乎毫髮無傷的前方外壁也有兩個地方出現隕石坑般的凹陷，地基也有了很大的傾斜。按照原來的計算，耐久力會在明天早上六點左右耗盡，但是剛才確認之後發現將加快兩個小時。也就是說，距離死線剩下七個小時。

但還是有能夠保持樂觀的材料。我們在洞熊的巢穴當中，找到了大量修補房子所需要的素材道具裡頭，原本認為最難以入手的鐵礦石。看來那隻熊是藉由攝取鐵分來把金屬尖刺儲存在胸口的毛皮裡。

我們以簡易的石斧把能挖的礦石都挖來了，但不把它們全部熔掉也無法知道是不是能滿足需要的量。也就是說，接下來的任務終於要進入鐵器文明的第一步——高爐的製作了。

「……在那之前，想先穿上衣服了……」

這麼呢喃的我，往下看著依然只穿一條內褲的虛擬角色。以這種打扮在夜裡的森林徘徊確實是很令人害怕的經驗，但必須在莉法還能用劍的期間找到洞熊的巢穴。實際上，探索中雖然只有一次與大蝙蝠型怪物發生戰鬥，但如果我的好妹妹不在的話，應該就無法抵達鐵礦的所在之處了吧。雖然等級一口氣上升到13，但ＲＰＧ還是要有確實的裝備才能玩下去的世界。

以高爐為優先，有餘力就製造防具——至少要有衣服穿。

在內心做出如此的決定後，就從房子裡傳來呼叫我的聲音。

「哥哥，可以進來嘍～」

說是可以進去，難道已經解決超重的問題了嗎？感到納悶的我輕輕地把門打開。

這時女孩子們橫向站在火把照耀之下的客廳裡。驚人的是，她們全都穿著同樣款式的洋裝般服裝。

「咦咦……這……這是哪來的？」

右手食指不停左右指著並這麼詢問之後，亞絲娜就以七成自傲，三成內疚的表情回答：

「以天根草的纖維製作布料，然後再做成衣服喲。」

「什……什麼時候完成的……」

面對感到啞然的我，這次換成愛麗絲露出燦爛的微笑。

「因為桐人親自示範了從阿爾普海姆帶來的防具將會無法使用。所以就先為了這個時候做準備。」

「順……順便問一下……」

在我詢問「沒有我的份嗎」之前，莉法就啪一聲合起雙手。

「抱歉喲，桐人。『天根草的粗布』製作完我們的衣服就用光了。我們還會製作，你再忍耐一下吧！」

「…………好的。」

對自己說「這樣的話我也可以自行製作」之後，就接受了她們的說法。現在要談論的事情實在太多了。

「……然後，剛才的……」

「等一下，哥哥。在這之前應該還有話要說吧？」

由於插話進來的莉法在敘述這段話時還加入旋轉一圈的動作，我便從鼻子發出呼嘶的鼻息。

「啊，是的，三個人穿起來都很好看……」

「桐人，這個遊戲沒有拍照機能嗎？」

從亞絲娜提出這樣的問題來看，她們三個人似乎都頗為中意身上那套暫時湊合的粗布洋裝。或許是因為那是她們自從認識以來首次做相同打扮的緣故吧。

當我想到這裡，就有股想拍下三人高興身影的衝動，但很可惜的是——

「ＵＩ似乎沒有攝影鍵……或許像ＳＡＯ那樣具有攝影道具，不過目前應該還無法入手吧。」

聽見我的回答後，想不到露出最感失望表情的竟然是愛麗絲。但她立刻就恢復原來的模樣，看向窗戶外面。

「……剛才的聲音……好像說了一些奇妙的話。什麼能獲得一切之類的。」

「啊，的確是說了！」

莉法這麼大叫完，亞絲娜也跟著點了點頭。

「說是一切，但是實際上就跟什麼都沒說一樣嘛……雖然好不容易能夠理解想要我們做些什麼……」

「不知道為什麼，那種口氣讓我想起最高司祭大人。」

愛麗絲的感想讓恍然大悟的我拍了一下手。之所以覺得曾經在哪裡聽過，或許就是因為說話方式令人想起支配Underworld人界的半神半人・最高司祭亞多米尼史特蕾達的緣故吧。由於亞絲娜和莉法也很熟悉Underworld的歷史與發生過的事情，所以沒有露出困惑的表情。何況她們兩個人在那裡還是創世神史提西亞與地神提拉利亞呢。

但是剛才那道聲音當然不可能來自於亞多米尼史特蕾達。該名支配者確實已經在中央聖堂最上層圓寂，搖光也已經消滅了。而我也付出失去最棒的搭檔兼好友這樣的代價——

突然間一道銳利的疼痛感貫穿胸口，讓我好一陣子喘不過氣來。深呼吸來將疼痛感沉入記憶深淵之後，才對以擔心表情看著這邊的亞絲娜她們露出微笑。

「……嗯，別管剛才的聲音了，現在還是先修理這間房子吧。我到河岸邊去收集石頭過來，亞絲娜妳們負責把圓木劈成柴……」

但是我沒辦法把話說到最後。不是受到外在的影響。而是突然有一股強烈的口渴感襲擊喉嚨，讓我無法繼續發出聲音。

往ＨＰ條、ＭＰ條的下方一看，發現ＴＰ條不知不覺間已經不到一半，最下面的黃色ＳＰ條也減少了兩成左右。緩衝期間獲得免除的不只有裝備重量上限。飢餓與口渴的感覺也停止減少，但是這樣的庇護也隨著謎之聲消失……接下來真正的生存遊戲終於要開始了。

「口……口渴了……」

這樣的沙啞聲音讓我把視線移回去，就看到莉法她們也按住喉嚨發出乾咳聲。現實世界的肉體距離水分不足狀態應該還有很長一段時間，這種口渴的感覺應該是遊戲系統所產生的虛擬感覺。也就是說硬是忍耐下來對於真正的肉體也不會有不良的影響，但是ＴＰ條歸零的話接下來就是ＨＰ條會開始減少。為了不在這個世界死亡，必須趕緊補充水分才行。

「收回前言，大家到河邊去吧。」

三個人一起點頭同意我的提案。我、亞絲娜、愛麗絲裝備上愛用的石頭小刀，莉法則是重新裝備上挖掘礦石時使用的石斧後，我們就離開家裡。

靠著我拿在左手上的火把快步走在通往西南方的道路上，最後來到河岸邊。光是聽見清涼的潺潺流水聲，喉嚨的口渴感就更為加倍。原本想找個素材來當成杯子，但實在無法忍耐了。

我跪在河邊，將火把固定在石頭之間後，直接將雙手伸進水裡。撈起冰冷刺骨……雖然沒有誇張到這種程度，但溫度也相當低的水來移到嘴邊。大口將水喝下之後，麻痺般的陶醉感就擴散到後腦杓附近，ＴＰ條也逐漸回復。亞絲娜她們也默默地蹲在我左右兩邊把水送進嘴裡。

我又接著喝了第二口、第三口水才終於覺得舒服多了。

當TP條到達右側而完全回復的瞬間，我就確認表示在視界邊緣的時間。目前是晚上九點十五分。接下來必須忍耐口渴的感覺，確認要花幾個小時才會讓TP減少到危險的程度才行。

和結束水分補給的亞絲娜等人一起站起來後，發現四個人都像小孩子一樣弄濕了胸口，臉上就露出了不好意思的笑容。

「……如果有杯子就好了。」

愛麗絲一這麼說，亞絲娜就開始環視起河岸。

「用草實在沒辦法做出杯子。可能要削木頭來製作吧……」

「與其削木頭，好像燒土器會比較簡單喔。」

我這麼說完之後才注意到這件事。

「沒有啦，只是覺得每次口渴都要特別到河邊來很麻煩。所以得製作能夠儲藏大量飲用水的容器和攜帶用的水壺……」

「乾脆挖口井怎麼樣？」

愛麗絲的提案讓我恍然大悟般點了點頭。Underworld的人界只有央都聖托利亞具備完善的供水系統，像盧利特村或者薩卡利亞那種鄉下地方的村鎮都是利用水井與水甕。但是能夠掘井完全是因為那個世界並非單純的多邊形集合體，一般的VR遊戲在系統上是無法做出改變地形……堆起大山或者挖掘深邃洞穴等事情。

「嗯……挖井這件事之後可以試試看，現在還是以高爐為……」

當我準備說出「優先」兩個字時，肚子就先發出「咕～～～」的輕快聲響。同時有強烈的空腹感襲來，視界左上角這次換成發現SP條減少到將近一半。

應該是想到自己的肚子會不會也發出叫聲吧，亞絲娜她們立刻按住腹部。在現實世界的話，這確實是能發揮一定效果的行動，但很可惜的是此地為虛擬世界——

「哇～哇～哇！」

莉法突然發出巨大的聲音，嚇了一跳的我身體整個繃緊。原本以為發生什麼事了，結果看起來是為了掩蓋住肚子餓的聲音。面對賢妹，不對，是愚妹這種愚蠢的舉動，我這個當哥哥的一定得說說她才行。

「我說呢，肚子叫也沒什麼大不了的吧……說起來也不過是虛擬角色罷了。」

「做那種原始人打扮的傢伙沒資格說我啦！」

「我……我也不想像這樣赤身裸體啊。還不是莉法妳們沒有幫我做衣服……」

當我說到這裡時，就再次聽見謎樣的聲音，於是便閉起了嘴巴。這次不是從我的肚子而是來自於外部……具體來說是河川中央附近傳出「啪嚓」的巨大水聲。

「……剛才那是？」

亞絲娜的話也讓愛麗絲露出嚴肅的表情。

「會不會是魚跳起來的聲音？」

「咦，魚嗎？那就把牠抓住啊！」

當莉法表現出想抓魚吃的態度而準備靠近水邊時，我就用力拉住她的衣領。

「我說啊，還不一定是魚吧。也有可能是鱷魚啊。」

「啊哈哈，針葉樹森林裡怎麼可能有鱷魚嘛。」

「妳這傢伙，這種現實世界的常識可以用在遊戲世界……」

啪嚓啪嚓。

比上次更近的地方出現新的水聲。似乎有某種東西靠近了。

「快離開水邊！」

以最小限度的音量對亞絲娜她們做出指示後，就直接拖著莉法的衣領往後退。以左手握住豎在附近的火把，右手握住石頭小刀。

「桐人，把火分過來這邊！」

聽見聲音後往左邊看去，發現愛麗絲對我伸出似乎是從河岸撿來的樹枝。雖然跟前端捲著枯草的火把比起來，不論是亮度還是耐久力都較為低劣，但現在就是要盡量增加一些光源。我把左手的火把靠過去在枯枝上點火。

增強了一‧五倍的亮光照耀出黑壓壓的水面。河川因為河道彎曲而出現複雜的波浪，讓人無法看透水裡。雖然等待了幾秒鐘，但是沒有聽見新的水聲。

——真的是魚嗎……

當放鬆緊張心情的瞬間，短短三公尺左右前方的水面就啪嚓一聲分開。出現的是宛如鴨子還是家鴨一般的圓形頭部與扁平鳥喙。但是橫寬有三十公分，長度也足足有兩倍。

「……鴨……鴨嘴獸……？」

旁邊的莉法一這麼呢喃，黃色鳥喙就像聽見她的聲音一樣打了開來。

「呱啊。」

雖然叫聲就跟家鴨一模一樣，不過還是不構成放下心來的理由。這是因為鳥喙裡面並排著無數銳利的細牙。

「呱啊、呱啊。」

以滑稽的濁音再叫了一聲後，巨大鳥喙就迅速靠近岸邊。我以手勢示意亞絲娜她們繼續往後退。和洞熊的時候一樣，目前仍看不見浮標。看來這款遊戲是在我方小隊成員實際攻擊或者被攻擊之前，都不會有浮標出現的樣子。也就是說無法利用系統來判別對方是帶著敵意來以我們為攻擊目標，還是無害的動物想吃飼料而靠過來。

鳥喙在河岸前面一點的地方再次停了下來。雖然一邊拉開距離一邊伸出火把，但是那個傢伙也不懼怕火焰。圓形頭部兩邊的圓眼睛是深黑色，目前正反射出小小的橘色光芒。

水面突然嘩啦一聲分開，鳥喙的主人抬起身體了。矮短的身軀上長著結實的手腳。雖然覺得果然是鴨嘴獸，但牠身上沒有毛皮，是被綠色鱗片覆蓋住。

趴在地上一陣子的鴨嘴獸，突然就撐起上半身。站起來後頭部的高度大約到我的胸口。仔細一看之下，牠的後腳比前腳要大，而且也比較結實。另外尾巴相當長，以它取得平衡來直立的模樣——

「……根本是恐龍嘛！」

面對忍不住這麼叫道的我，鴨嘴獸，不對，應該說是鴨嘴龍（暫稱）就打開了鳥喙。

「呱耶耶！」

聲音還是跟家鴨一模一樣，但是一整排牙齒顯示出牠應該是肉食動物，要是被咬到可不是覺得痛就能了事。正當我做出「再靠近一步的話，不直接發動攻擊就會有危險」的決定時。

就從左側飛來某種紅色塊狀物，直接塞到整個張開的鳥喙當中。

「呱啊！」

發出叫聲的鴨嘴龍，頭部隨即向下並且不停動著鳥喙。立刻把東西吞下去後就又再次張開鳥喙。

一移動視線，就看到亞絲娜正準備拋出新的塊狀物。這時我終於注意到，那個足有一顆壘球大小的物體是尖刺洞熊的肉。

鴨嘴龍迅速吃完第二塊肉後，就在沙灘上朝亞絲娜移動。牠頻繁地揮動短短的雙臂，同時急促地發出「呱啊、呱啊！」聲。這明顯是央求飼料的聲音了，只不過繼續把肉丟給鴨嘴龍也不知道牠會不會感到滿足。因為對方雖然比熊要小，但是尺寸也有大型犬的兩倍左右。

「那個，亞絲娜……」

我準備提出把下一塊肉丟遠一點，趁鴨嘴龍去吃肉的時候趕緊逃走的作戰。但是亞絲娜卻搶先舉起右手並呢喃道：

「我可以看到這個孩子前面有環狀計量表，目前已經上升到六成左右了。」

「計……計量表……？」

重複了一遍她的話後就了解是怎麼回事了。那應該是馴服計量表。

等等，不對喔，要是真的馴服了牠也很麻煩……但我已經來不及這麼說了。亞絲娜從道具欄裡拿出第三塊熊肉，不過這次沒有丟出去，而是以右手拿著慢慢靠了過去。鴨嘴龍發出簡短的叫聲，一瞬間往後退，但最後還是食慾獲得勝利直接停下腳步並伸出頭來。以鳥喙前端的鼻孔嗅了嗅亞絲娜的右手，然後叼起肉來咀嚼。

這時亞絲娜瞄了我一眼，以不知所措的聲音說道：

「計量表已經全滿了還是什麼都沒發生……該怎麼辦才好？」

「就算問我也……」

雖然想著「這是亞絲娜起頭的吧！」，但事情到了這個地步，我也想成功馴服牠了。當我拚命思考該怎麼做時，右側的愛麗絲就低聲表示：

「抓住野生的飛龍時，餵牠吃肉讓牠冷靜下來後就要幫牠上韁繩。」

「韁繩……對……對喔。」

我急忙叫出環狀選單並打開道具欄。感覺環的中央似乎有什麼奇怪的東西，但現在還是無視其存在來操作道具欄，取出事先製作好的天根草細繩丟給亞絲娜。

「亞絲娜，把這個綁在那傢伙的脖子上！」

聽見我的指示後，就連該名細劍使——現在是石頭小刀使——也露出感到害怕的表情。但是能夠試著馴服的就只有看得見計量表的亞絲娜而已。她右手拿著繩子，緩緩朝鴨嘴龍靠近。把繩子邊緣繞過專心嚼著肉的脖子然後準備打結。

「計……計量表開始震動了～」

亞絲娜發出細微的聲音，這時莉法開始替她打氣。

「加油啊，亞絲娜小姐！」

「我會加油～～」

亞絲娜雖然這麼回應，但或許是手沒拿穩吧，只見繩子前端從她的指尖滑落。需要兩手互相配合的打結動作，在虛擬世界是最為困難的作業之一。當亞絲娜還在想辦法打結時鴨嘴龍已經吃完嘴裡的肉，或許是注意到圍在脖子上的繩子了吧，牠直接發出巨大的「呱啊！」叫聲。

但亞絲娜同時也完成打結的動作。下一刻，鴨嘴龍全身就像加工素材道具時那樣發出光芒。圓滾滾的頭上出現由環狀HP條與尖銳紡錘構成的立體浮標。顏色是——綠色。

「呱哇哇哇——！」

發出高亢叫聲的鴨嘴龍，開始以鳥喙前端摩擦亞絲娜的臉。看來首次的馴獸是成功了。

「亞絲娜小姐，太棒了！」

發出歡呼聲的莉法抱住鴨嘴龍的脖子，然後搔著牠三角形的鱗片。受到馴服的怪物像是覺得很舒服般以喉嚨發出呱呱聲。凝眼看著浮標想確認牠的正式名稱，結果看到HP條下方的文字列寫著【長喙大鬣蜥】。

——鬣蜥是什麼啊？

原本想要呼叫結衣，這時候才想起心愛的女兒目前仍不在身邊。這樣的話就起動瀏覽器，然後又發現這也辦不到。算了，下次登出後在現實世界搜尋即可……如果還記得的話。

總之可以不用戰鬥就很令人高興了。連沒有馴獸技能的亞絲娜都能馴服的話，應該不是太強大的怪物吧，不過在修理完房子之前，還是應該盡量避免發生戰鬥。

「好，那麼來搬石頭吧。」

我為了開始本來的任務而準備回到河岸邊時……

「在那之前，先來吃飯吧。」

愛麗絲就這麼對我搭話。下一刻，我的肚子也做出「咕～」的回應。這道聲音還有點像鴨嘴龍，不對，是長喙大鬣蜥的叫聲。

以只有一道烤熊肉這種偏食的菜色消除空腹感並且回復ＳＰ條之後——和洞熊戰鬥時失去的ＨＰ也回復了算是令人高興的意外收穫——我們就開始撿拾河岸上的石頭。其他需要的素材是黏土與枯草。枯草倒還簡單，但是黏土就不知道該從何處入手了，正感到煩惱時就挖起河邊土堤四處可見的泛白土壤並且擊點了一下，發現視窗寫著【粗雜的灰色黏土】，於是就決定用它了。

收集完素材回到圓木屋後，我立刻就打開環狀選單。

然後終於注意到由八個圖示排成的圓環，內側的空隙不知道什麼時候已經不見了。

「這……這是什麼？」

我皺起眉頭，凝視著——【００００：０１：０３：２４】的數字。右端的數字每一秒都會增加，雖然可以推測出是日：時：分：秒的時間計算，但到底是在告訴我們什麼時間呢？

「啊，那個我們在製作衣服的時候就注意到了……」

站在旁邊的亞絲娜叫出自己的選單。該處也顯示著連秒數都一樣的計數。

「嗯……一小時又三分鐘前的話……」

我試著從現在時刻往回推算開始計時的瞬間，不過根本是多此一舉。因為從背後傳來愛麗絲以充滿自信的口氣所做出的結論。

「那個時間計算器是從九點五分開始……也就是聽見『能獲得一切』那道聲音的瞬間。」

「啊……噢……這樣啊。等等，不過為什麼需要這種計時？從那之後過了幾個小時，稍微想一下就能知道了吧……」

「真的要顯示的話，現在時刻也一起顯示就太好了。」

莉法的話讓我們不停點頭。但是在連製作這款Unital ring，然後把數十萬玩家強制轉移到這裡的某個人是誰都不知道的階段，根本無法推測出隱藏在ＵＩ裡的意圖。

「嗯……現在還是以作業為優先吧。」

我把想不通的事情丟到一邊，直接擊點技能圖示。然後從石工技能的可製作道具一覽表裡選擇「石頭高爐」。

結果視界就出現了奇妙的東西。那是一個淡紫色透明的巨大物體。原來是由殘像顯示出的高爐。接著前方就出現一個新的Ｔｉｐｓ視窗。

【建築模式時能用手來調整殘像位置。Pinch in時靠近，Pinch out時則是遠離，用力握拳則開始實行建築。建築模式無法取消。】

「Pinch in……？」

我一邊眨眼一邊縮起右手手指，殘像就咻一聲靠近。攤開時則是遠離。左右揮動的話就會沿著地面移動。

「……亞絲娜妳們也看得見這個嗎？」

一問之下，三個人都點了點頭。如此一來，無法取消建築的理由應該是為了防止利用殘像來惡作劇或者搗亂吧。雖然想到處揮舞著玩，但預感背部又會挨打，於是就忍耐了下來。

圓木屋所在的空地已經算是寬敞，但不好好訂立計畫來建築的話空間馬上就會不夠了。和亞絲娜商量之後，決定設置在離房子較遠的西側，接著就慎重地進行微調並且握緊右手。

地面隨著「咚滋滋嗯！」的聲響開始震動。大型物體從空中落下來與殘像重疊在一起。建築模式隨即解除，石工技能熟練度也上升了。出現的是以灰色黏土固定住泛白石頭的暖爐般物體。煙囪的高度大約兩公尺，前方有烤箱般的半圓形燃燒室凸出來。光看外表無法得知該如何使用它。

站在亞絲娜身邊的大鬣蜥率先靠過去，把脖子伸進爐子裡不停嗅著氣味，最後叫了一聲「呱啊啊」。

「……話說回來，妳要幫那個傢伙取什麼名字？」

一對主人這麼問道，她就露出猶豫的表情發出沉吟聲。

「嗯嗯……我很不擅長取名字耶……」

「畢竟虛擬角色的發音也跟本名一樣嘛。」

一這麼說，右肩就被拳頭輕輕敲了一下。

「桐人也幾乎是本名了吧！嗯……總之我會想啦。」

這時候大鬣蜥就以鉤爪發出摩擦聲走了回來，亞絲娜聳了聳肩後就搔著牠的下巴。以亞絲娜的個性來看，應該不會取一個突然浮現在腦子裡的名字，而是會搜尋各種資料之後才取一個有意義的名字吧。如果要查資料就必須回到現實世界，不過都已經借了哥哥的祕密網路線來潛行了，在修理完房子之前她似乎不打算登出。

「桐人，快點使用看看吧！」

由於莉法在高爐旁邊對著我招手，我便回答「遵命」並走了過去。

雖然早有必須經歷各種錯誤嘗試的心理準備，但是對於高爐的使用方法倒是沒有絲毫困惑。擊點高爐後就出現專用的操作視窗，看是要把素材道具丟進視窗，或者是從道具欄裡直接移動過去就可以了。

我先把幾個從洞熊巢穴拿來的鐵礦石丟進去，然後按照Ｔｉｐｓ的指示將柴薪塞進燃燒室。

從愛麗絲那裡借來打火石點完火之後，立刻就燃起熊熊火焰。

高爐也就是所謂的火箭爐式構造，會從燃燒室入口猛烈吸進空氣，然後火焰將隨著轟隆聲從煙囪上部噴出。接下來就加入了迷你遊戲的要素，為了讓高爐內部保持適當的溫度，必須要酌情追加柴火。

往上看著從煙囪冒出的火焰並持續增加柴火之後，就從注入口流出鮮紅的液態金屬，最後累積在高爐底部的長方形模子裡。模子滿了後就會跟之前一樣發出閃光然後消失，接著再次累積鐵漿。作業當中出現了【獲得精煉技能】的訊息，讓我感覺自己好像不斷朝著生產職角色的道路邁進。

經過三分鐘左右火焰就自動消失，於是我再次打開高爐的操作視窗，看見完成品的欄位出現四個「粗雜的銑鐵鑄塊」。擊點其中一個將其實體化，以指尖觸摸確認過已經冷卻後就把它高高地舉起。

「鐵的時代來臨嘍！」

由於太過感動而忍不住這麼說道，但是三名女性似乎沒受到什麼感召，只是零零落落地拍了兩三下手。大鬣蜥靠過來聞了一下鑄鐵的味道後，就像要嘲弄我一樣發出「呱咿」的叫聲。

光是要熔化所有鐵礦石，就花了三十分鐘左右的時間以及一百數十根柴薪。由於從旋松的圓木那裡獲得了許多柴薪，所以這個部分不成問題，但是對於習慣ＳＡＯ與ＡＬＯ那種快速生產工程的我來說，這段等待時間相當痛苦。因為亞絲娜她們為了挖取追加的黏土而再次到河邊去了，我只能獨自持續添加柴火，當作業終於結束時，其實疲勞感還大於感動。

不論如何，這樣就可以進入下一個階段了。修理房子需要的是「薄鐵板」與「鐵釘」，而要製作這些東西似乎需要「鐵砧」與「打鐵用鎚子」。

製造鐵砧的時候不會還需要鐵砧吧……雖然一瞬間感到焦慮，但是根據Ｔｉｐｓ，似乎用名為「鑄造台」的設備就可以了。以石工技能就能製造出來，需要的素材是黏土、木材與砂石。結果連我也得到河邊去，在道具欄裡裝滿石頭與沙子。做的事情幾乎跟幼稚園兒童沒有兩樣。

在建築模式下叫出鑄造台的殘像並且設置在高爐的左側。接著在操作窗將生產道具設置為鐵砧，然後設置鑄塊與柴薪並且點火。熔化的鐵累積在砂石模子裡，冷卻之後就完成了「簡陋的鐵砧」。還順便獲得了鑄造技能，不過老實說真的會有「把這個部分統整為鐵工技能啊！」的想法。

剩下來的步驟就只有打鐵用鎚子而已。它似乎也能在鑄造台上完成，那就盡快……正當我這麼想時。

「桐人，可不可以稍微休息一下，幫忙製作『素燒窯』呢？」

一起從河邊回來的亞絲娜開口這麼表示，我考慮了兩秒鐘左右就反問她：

「……妳所謂的休息是？」

「鑄鐵相關的作業暫時休息，開始進行燒窯相關作業的意思喲。」

亞絲娜一臉理所當然般如此回答，接著露出燦爛的笑容。可以把準備英文的休息時間拿來準備數學的人就是不一樣……深感佩服的我再次發動石工技能。

雖然素燒窯也需要大量的素材，不過亞絲娜她們都幫忙從河邊拿過來了。再次把石頭與黏土等素材塞進道具欄裡，然後發動建築模式。按照亞絲娜的希望將它設置在圓木屋的附近，然後就注視著工程。

素燒窯的外表像一間巨大的狗屋，前面是門，下部則有燃燒室。打開門後裡面有石頭製的架子，上面排著亞絲娜她們以揉好的黏土製成的碗盤與杯子。在燃燒室裡塞進柴火後亞絲娜就將火點燃。

「陶工技能的熟練度上升了。」

看見發出高興聲音的亞絲娜，我就在心中對著她表示「妳也逐漸變成生產角色了……」，然後回到屬於我的鐵器文明之地。確認四根條狀計量表之後，發現ＨＰ與ＭＰ都還是全滿，但是ＴＰ條減少四成，ＳＰ條則減少了兩成。我記得在河邊灌了一大堆水時是九點十五分，目前是十一點十五分，所以ＴＰ減少四成得花一百二十分鐘。也就是說三十分鐘會減少一成左右。

跟我玩過的生存遊戲ＲＰＧ比起來，減少的速度已經算相當緩慢，不過這應該會隨著玩家的活動狀態與環境而有所改變吧。持續進行重勞力工作，或者待在灼熱的沙漠裡頭的話，減少的速度應該會加快，另外應該也會因為能力值、技能以及裝備而有所變化才對。

「唔嗯嗯……」

發出沉吟聲的我打開環狀選單。圖示形成的環中央，依然成謎的計時已經增加到【0000：02：10：45】。聽見謎之聲後過了兩個多小時……即使知道這一點，也只能浮現「已經兩小時了嗎」這種無關痛癢的感想。我聳了聳肩，打開正上方的能力值圖示。

這款名為Unital ring的奇妙遊戲，似乎不存在STR與INT等數值能力。相對的它設定的是所謂Perk……並非數字，而是內容更加具體的能力強化。如果把技能定義為「鍛鍊出來的技能」，那麼能力應該是「天生的才能」吧。似乎也能更單純地分成技能是生產系，而能力則是戰鬥系。

能力值視窗的下部具備移動到各種能力數值詳細畫面的按鍵，按下去後會開啟新的視窗。畫面中央有四個圖示組成十字。上面是「剛力」，右邊是「頑強」，下方是「才智」，左邊則是「俊敏」，然後又從各個圖示延伸出兩條線來連接新的圖示。比如說「剛力」可以連到「碎骨」與「堅守」，「頑強」則可以延伸出「忍耐」與「抗毒」，只要取得一個就能依序習得之後呈樹狀發展的能力。而且一個能力還分為十階段的等級。

我以從屋頂滾落圓木這種祕技擊敗了超級強敵尖刺洞熊，等級一口氣上升到了13，所以累積了12點能力上升點數。如果在點數保存下來期間喪命，又因為死亡懲罰而被剝奪點數……要是變成這樣就太悲慘了。還是趁現在把它們全部用光比較好，但是視窗裡找不到重新分配的按鍵，該如何培育能力樹比較好真是個令人煩惱的題目。

只有ＳＴＲ和ＡＧＩ可以選擇的ＳＡＯ真是輕鬆啊……心裡這麼想著，同時看向替素燒窯添加柴火的亞絲娜等人。

由於這陣子應該都是會由我們這四個人組成小隊，所以應該考慮到各自的角色來選擇能力吧。如果直接繼承ＡＬＯ的能力構成，那麼我應該是以物理攻擊為主的攻擊手，愛麗絲是重視防禦的坦克，莉法是多功能的魔法劍士，然後亞絲娜是緊急時刻也能夠用劍的補師。如此一來，我應該是以取得「剛力」樹的能力為主吧……如果要符合生存遊戲的需求，以存活下來為主的話，「頑強」能力樹也很具魅力，為了不讓ＭＰ變成無用的能力值，或許至少要能夠使用簡單的魔法比較好。

而且亞絲娜她們也可能想選擇與ＡＬＯ不同的角色。想跟女孩子好好相處下去，就是凡事都得跟她們商量……這個時候我終於逐漸學會這個祕訣，所以就放棄以個人的判斷來隨便取得能力，直接把視窗關上。我往下看著剛做好的鐵砧，突然思考了起來。

「呃，接下來要做什麼呢……」

再次深刻地感受到自己平常有多麼倚賴結衣的情況下探索回憶，終於想起正準備製作打鐵鎚子。

我再次面對鑄造台，設置好生產道具。熔化鑄塊來製作「簡陋的鐵鎚子」，把它和木棒組合起來後變成「簡陋的打鐵用鐵鎚」。這樣準備工作終於完成了。

我移動到鐵砧前面，接著設置鑄塊。ＳＡＯ的話在敲打前必須用高爐加熱到通紅，但是Unital ring似乎在冷卻狀態就可以了。從鐵砧的製作選單裡選擇「薄鐵板」，然後以鐵鎚敲了一下。

「喀嗯！」的尖銳聲音響起，接著出現【獲得打鐵技能】的訊息，不過我則因為打擊聲比想像中還要大而縮起了脖子。

現在回想起來，襲擊這塊草地的尖刺洞熊也是因為被莉法以劍技削圓木的衝擊聲吸引過來。從那之後已經過了三個小時，現在巢穴裡湧出新的個體也不是什麼奇怪的事情。

或許是擔心同樣的事情吧，在素燒窯前面的亞絲娜等人也以有些不安的表情看著這邊。於是我便為了表達「別擔心」而舉起鎚子。萬一又有熊襲擊過來，應該可以跟上次一樣使用圓木落下作戰才對……

——不對。那個能夠在毫髮無傷的情況下打倒強力怪物的手段實在太過犯規了。如果控制Unital ring的是安裝在The seed上的Cardinal系統……然後全自動控制機構還是開啟狀態的話，光是那一次就會感應到圓木落下作戰是利用系統的疏忽，所以做出某種對策也是很正常的事情。

「唔嗯……」

發出沉吟聲的我，交互看著一片漆黑的森林與圓木屋的屋頂。為了預防圓木受到限制的狀況，是不是應該先把大型石頭，應該說是岩塊放到道具欄裡呢？

「我到河邊去一下！」

對三個人這麼搭話之後，就得到出乎意料的回答。

「啊，那麼把這個帶去吧！」

亞絲娜打開素燒窯的門，從裡面拿出兩個圓形物體。是壺嗎……？原來如此，ＴＰ條確實已經快剩下不到一半了。

「了解！」

我跑了過去，接過壺後衝向河川。把水裝滿後收納到道具欄裡，然後剩下來的容量則塞滿了岩塊。

一回到草地上，就發現亞絲娜她們正把其他的陶器排在地上。有一些似乎在燒製時破掉了，不過還是順利完成四個杯子、五個碗以及六個盤子。

「久等了。」

我從道具欄將裝了水的壺實體化，然後亞絲娜就笑著把杯子遞給我。接過杯子的我隨即從壺裡舀起一杯水。

「我不客氣嘍！」

把左手扠在腰上一口氣把水喝乾後，TP條就開始回復。另外三個人也很享受般喝著水，而大鬣蜥也以舌頭舔著倒在碗裡的水。

我鬆了一口氣後開口表示：

「每兩個小時就要喝一次水嗎……在迷宮深處要是水喝光了就糟糕了……」

「沒有像地底世界那樣能夠製造出水的神聖術……不對，是魔法嗎？」

原本想對愛麗絲的問題露出苦笑，不過隨即正色表示：

「有也不奇怪喔。只不過，要怎麼習得魔法技能呢……」

「像紡織與陶工技能那樣，只要使用就算學會了吧？」

話剛說完，愛麗絲就對我的鼻尖伸出右手。反射性往後仰，愛麗絲就呵呵笑了起來，莉法則很傻眼地搖了搖頭。

「桐人真是個膽小鬼～」

「才……才不是哩！」

心裡雖然有「那是妳不知道整合騎士愛麗絲有多恐怖！」的想法，但是沒辦法說出口。再喝了一杯水後，我就把杯子還給亞絲娜。

「黏土有剩的話就多做幾個壺。照這樣看起來，還是盡量多提一些水來放著比較好。」

「說得也是。陶工技能上升的話，就試著製作更大的水甕吧，我會加油的。」

「拜託了。那我去製作鐵板和鐵釘。」

「桐人也加油喲。」

輕輕互碰完拳頭，我就再次回到鐵砧前面。萬一重新湧出的熊襲擊過來，也可以用塞滿倉庫欄的岩塊加以對應……也只能這麼相信了。

我坐在橫切後用來代替椅子的圓木上，手裡握著打鐵用鎚子。雖然覺得只不過是一種迷信，不過鐵匠莉茲貝特曾經說過縮手縮腳的話失敗率就會上升，於是我就提起精神來，開始敲起鑄塊。

當響起十聲巨大的「噹！噹！」聲時，鑄塊就發出白色閃光。然後在鐵砧上緩緩變形，轉變成十片薄鐵板。修屋總共需要兩百一十六片，就算沒有任何失敗也需要二十二塊鑄塊，不過就算加入釘子的份應該也還能剩下一丁點。要在午夜十二點前結束所有關於鐵製品的作業，如此下定決心後就設置第二塊鑄塊。

說起來這也是相當單調的作業，但是跟添加柴火到高爐的工作相比還是有趣多了。如果真的在這個世界成為生產職，我會想成為鐵匠而不是精煉工匠，不過那個時候可能要從莉茲貝特武器店的學徒開始做起吧。應該和艾恩葛朗特一起墜落的她、西莉卡以及結衣是否平安無事呢……

胡亂想著各種事情並持續敲打鑄塊後，不知不覺間就完成了兩百二十片的鐵板。即使一片的厚度只有兩公釐，重疊起來的話也有四十四公分。我試著想把這些沉甸甸的鐵塊整個舉起來，結果砝碼圖案的超重圖示就亮了起來。原本覺得等級13的話應該沒問題，看來還要很長一段時間才能夠裝備上愛劍黑色鞭痕了。雖然放進道具欄的話應該可以帶著走，但是現在剩餘空間全都塞滿了岩塊。將鐵板減少一半之後總算可以抬得起來，於是我就為了把它們收納到自宅倉庫欄而朝著圓木屋走去。

素燒窯前面的亞絲娜等人仍然在揉著黏土。雖然覺得不需要那麼多食器，但她似乎是想一舉將陶工技能提升到能夠製作大型的水甕。這樣的話只要其中一個人提升就可以了吧……忍不住浮現這種想法就是我個性中煞風景的地方了。她們單純只是想享受製作食器的樂趣。

亞絲娜她們對我揮著沾滿黏土的手，我笑了一下之後就走上半塌的門廊。為了開門而暫時把鐵板放到地板，然後大大地伸了一個懶腰。

馬上就要過凌晨十二點，但是卻感覺不到睡意。原本認為應該是因為異常事態而精神亢奮，但立刻就改變了這個想法。我的心底深處一定也享受著這種狀況吧。在充滿謎團，沒有人知道正確答案的世界一邊摸索一邊前進的興奮。正確來說，我們仍然待在起點，連一步都還沒有動，如果沒有連圓木屋都一起掉下來的話，說不定我不會建構固定的據點，反而會選擇不斷地往前進。就跟四年前獨自一個人衝出起始的城鎮，想要比任何人都快抵達下一個村莊的時候一樣……

或許是沉浸在這樣的感概裡所致吧。

我遲了一會兒才注意到那個。

哎呀，應該更早一點注意到才對。在夜裡的森林響起的尖銳鐵鎚聲絕對不只會吸引熊靠過來而已。

「……什麼人！」

最先這麼大叫的是愛麗絲。原本準備打開圓木屋大門的我，迅速回過頭後首先看向貓耳騎士，接著是她眼睛所注視的方向。

從空地筆直延伸到河川的西南向道路上，有好幾根火把往這裡靠近。走在前面的是穿著皮甲般褐色鎧甲的中等身材男性。掛在他左腰上的長劍劍柄反射出火把的橘色光芒。跟怪物一樣，就算把視線放在對方身上也不會出現浮標，所以這個階段仍無法辨別對方是玩家、ＮＰＣ還是怪物。

即使聽見愛麗絲的聲音，集團還是沒有停止前進。或許是要表示沒有戰鬥的意思吧，站在前頭的男人高舉起沒有拿任何東西的右手，然後直接進入空地。

亞絲娜與莉法並排在愛麗絲的左右兩側，連大鬣蜥都像是要威嚇對方般張開了嘴巴，我也急忙從門廊跳到地面。確認內褲後面還夾著石頭小刀後，就對著集團大叫：

「在那裡站住！」

結果那個男人終於停下腳步。靠著火把的亮光數了一下，發現總共有八個人。人數是我們的兩倍……而且全部都有水準以上的武裝。裡面甚至有人穿著皮鎧上還貼了金屬板的鱗甲，轉移到這個世界後約八小時的時間裡能夠到達這種技術水準的話，那也只能老實地表達驚嘆之意了。因為亞絲娜她們三個人還穿著草類纖維製成的洋裝，而我更是只穿一條內褲而已。

對方應該也想確認我們的技術等級吧，原本看向亞絲娜她們的視線捕捉到我的瞬間，前頭的男人就瞪大了雙眼，後方則傳出感到安心……或者可以說是瞧不起人的失笑聲。我在內心呢喃著「好感度扣1分喲」並為了慎重起見而向對方確認。

「是玩家嗎？」

結果領頭的皮鎧男就不停地點頭。

「是的。你們也是吧。」

不論是聲音還是長相都很陌生。不過這也是理所當然的事，因為Unital ring可是將十萬多名VRMMO玩家強制轉移到這裡。不清楚眼前的集團是否在新生艾恩葛朗特裡——說起來甚至不清楚他們原本是不是ALO玩家，總之一定是出現在廣大地圖的某處，然後大概是沿著河川一路走到這裡吧。

像是要證實我的推測一樣，皮鎧男再次高舉起雙手。

「我們不想戰鬥，只是希望讓我們休息一下。已經移動了將近五個小時，還是首次遭遇到玩家。」

「首次？那麼，你們是如何組成這麼大的小隊？」

如此一問之下，皮鎧男就頻繁地眨眼睛反問：

「你不也是從那裡衝出來的嗎？」

「衝出來……？」

我亞絲娜等人面面相覷，卻還是不清楚「那裡」指的是什麼地方。我再次面向前方，慎重選擇用詞遣字並且回答：

「……我們是連同這間房子一起掉下來的。所以對我們來說，你們也是首次遭遇到的玩家。」

結果這次換成皮鎧男露出狐疑的表情，這時候從後面走出一名身穿布裝備的矮小玩家，看著半塌的圓木屋做出發言。

「原來如此……你們是從艾恩葛朗特掉到這裡來的吧。」

「咦，不可能有這種事吧？」

發出這種聲音的是高大的鱗甲男。雖然沒有根據，但是我直覺這三個人是領袖。矮小男左腰上掛著金屬短刀，高大男的背部揹著兩手用榔頭，看起來都不像是高級品，但還是遠比我們的石頭小刀與石斧強力的武器。

短刀使往上看著鱗甲男並輕輕揮動左手。

「大叔你也看到了吧，掉落下來的艾恩葛朗特附近散落了一大堆屋頂、牆壁的殘骸。似乎沒有平安無事的房子，不過那邊附近的地面看起來很硬。掉在沙地或者水裡面的話，也有可能只受到那種程度的傷害吧？」

「別叫我大叔。」

鱗甲男這麼低吼完，後方就響起簡短的笑聲。

這時候是亞絲娜尖銳的聲音讓一瞬間鬆弛的氣氛再次緊繃。

「你們也是從ALO來的吧？看到掉落的艾恩葛朗特了？」

「咦？啊……嗯，看見了喲。不過是從很遠的地方就是了。」

「掉在哪裡？全毀了嗎？」

面對連珠炮般的提問，短刀使雖然露出困惑的表情但還是準備一一回答，結果皮鎧男就用力把他的肩膀往後拉。

「等一下……不能免費提供貴重的地圖情報吧。」

下一刻，愛麗絲就像是開口想說些什麼，不過莉法先拉住她的洋裝讓她安靜下來。我想她應該是差點就要開口大罵「小氣鬼！」了，這時候阻止她是正確的選擇。我也立刻往前走出一步，對著皮鎧男點頭說道：

「我知道了。我願意交易……你們想要什麼來交換地圖檔案？」

結果皮鎧男花了幾秒鐘和其他七個人商量之後就立刻回答：

「食物和休息場所……能讓我們住一晚的話就更好了。」

「也讓我們商量一下。」

我舉起左手，要他們待在原地別動之後，就移動到愛麗絲她們旁邊。然後先壓低聲音跟亞絲娜確認。

「還剩下多少熊肉？」

「雖然還有不少，但對方人數眾多……讓我們、他們以及阿蜥確實填飽一次肚子後就差不多了。」

忍耐下想詢問「決定叫牠阿蜥了嗎？」的衝動，又追加了一個問題。

「如果不要直接烤，而是做成湯之類的呢？」

「啊，這樣的話足夠做兩餐喔。只不過沒有鹽和調味料，所以沒辦法預料味道如何就是了。」

「這部分也只能請他們忍耐了。還有……能讓那些傢伙進到房子裡嗎？」

下一刻，亞絲娜就一瞬間皺起眉頭，不過立刻就又點頭表示：

「這也沒問題，反正只有一個晚上。那麼……愛麗絲與莉法也同意這次的交易吧？」

「沒辦法了。」

「能知道艾恩葛朗特的位置相當重要。」

兩個人表示同意，大鬣蜥也發出「呱啊」一聲，我便轉身往前走了幾步。對一直看著這邊的皮鎧男等人迅速點點頭。

「我們提供一個晚上的居所，以及能夠完全回復SP條的食物。只不過沒有棉被或毛毯，也沒辦法保證食物的味道。」

「沒關係。只要不用警戒Mob和NPC的襲擊就夠了。因為這個世界連要登出都是很大的賭博。」

「……這是什麼意思？」

我一皺起眉毛，皮鎧男就輕輕聳肩。

「你不知道嗎……嗯，還只有三個小時嘛。你們也聽到之前那個訊息了吧？」

「嗯。」

「從那個瞬間開始，就算在自己家裡登出，虛擬角色也不會消失了喲。當然，受到Mob

攻擊的話就會在毫無抵抗的情況下死亡。我們就是為了尋求安全的睡眠地點才會來到這裡。」

「………虛擬角色不會消失……」

我一邊呢喃一邊低頭看著自己的身體。在這個防禦力等於零的狀態下受到單方面的攻擊，對手不要說是熊了，就算是狐狸還是狸貓——不知道森林裡有沒有這種動物就是了——都會瞬間死亡吧。不是確保怪物絕對無法入侵的地點，或者有能夠護衛長達數個小時的伙伴在，就沒辦法登出去睡覺了。

「太誇張了吧……死得那麼沒道理的話，會覺得荒唐到不想繼續玩這個遊戲吧？」

「啊，也不用擔心這個。」

這時不只有皮鎧男，連短刀使與鱗甲男都露出詭異的扭曲笑容。

「雖然不在交易條件之內，不過就算免費贈送吧。這個Unital ring呢，某方面來說算是ＳＡＯ的重現喔。」

「……什麼意思？」

難道說這些傢伙知道我們是ＳＡＯ生還者……雖然一瞬間有些緊張，但似乎不是這樣。皮鎧男以右手叫出環狀選單後，就對我顯示了在中央持續變化的計時器。

「應該有注意到追加了這個東西吧？」

「嗯……嗯。」

「我們一開始不知道到底是在計算什麼時間……等到伙伴被ＮＰＣ殺死後才終於注意到。這是在告訴我們究竟存活了多久。這個世界呢，一旦死亡就結束了……再也沒辦法登入這裡喲。」

全是男性的八人小隊一邊說著亞絲娜煮的燉熊肉好吃，一邊以猛烈的速度把料裡塞進嘴裡。

8

這段期間，我和亞絲娜、愛麗絲、莉法在稍遠處的高爐附近圍著皮鎧男提供的地圖開會。說是地圖，但是因為Unital ring沒有把地圖檔案讓渡給其他人的機能，所以是以木炭畫在粗劣紙上的簡易成品。不過就算是這樣，也還是能夠掌握周邊的地形。

我們連同圓木屋一起墜落下來的森林，雖然不清楚其北方究竟有多寬廣，但是往南大約有七公里左右的空間。沿著貫穿森林的河川南下之後，將遇到一片像是要包圍森林邊緣般低矮但是險峻的岩山。岩山後面則是乾燥的荒野。由於幾乎沒有可以補給飲用水的地點，所以離開河川的話一下子就會遭遇飲用水不足的問題。

河川在荒野上往西產生分歧，皮鎧男他們一開始就是嘗試沿著那邊的支流前進，但是一進入有些植物生長的盆地，就遭到裝備金屬長槍與斧頭的ＮＰＣ襲擊，由於語言根本不通，所以只能拖著一條命——其實有兩個人被殺了——逃到這裡來。

盆地南方是更加乾燥的台地，艾恩葛朗特就是掉落在該處的正中央。從森林邊緣的直線距離大約是十公里。浮遊城受到極大的損害，據說下方的二十到三十層左右已經完全遭到破壞。皮鎧男更斷言周圍沒有看見活著的玩家。

這麼一來，原本以為轉移時待在艾恩葛朗特的所有玩家都被捲進墜落當中喪生，然後被永遠趕出Unital ring世界了，結果並非如此。「死亡＝放逐」是從聽見那道謎之聲，然後計時器開始計時的二十一點之後。至於之前死亡的玩家會在何處復活嘛——

從艾恩葛朗特洛下的台地更往南走，地形就會變成草原。這個水源與食物都算是豐富的區域似乎有一座巨大的遺跡。從ＡＬＯ被強制轉移到此的玩家們，正式的開始地點就是這座與阿爾普海姆的央都阿魯恩有些相似的遺跡，同時也是二十一點前死亡時的復活地點。奇異現象結束後的十七點左右，從ＡＬＯ被轉移過來的四千多名玩家（包含一千幾百名因為艾恩葛朗特墜落而死的復活玩家）就在沒有任何說明的情況下被丟到遺跡裡面，結果引起了一陣大騷動。

將近一半的玩家因為討厭混亂的情況，或者為了收集情報而登出，剩下的一半則是嘗試了解這個世界究竟是什麼地方。他們試著完成初步的手工藝，建構簡單的據點……最後一部分成員為了收集更高級的素材而離開遺跡。皮鎧男的小隊似乎也是這樣的開拓者之一。

這時是由矮小的短刀使對我們的說明做出總結。

「這類型的開放世界生存遊戲，一開始就不能消極地用什麼木頭還是石頭。最重要的是鐵。想建構真正的據點，就要等抵達能採集到鐵礦石的區域……這是像鐵一樣硬的鐵則。」

「嗯……這些情報算是剛好能抵付熊肉啦。」

莉法的評價讓愛麗絲發出輕笑聲。

「好嚴格喔。」

「最後的冷笑話扣了十分。」

聽見這句話後連亞絲娜都露出苦笑，不過立刻就把視線移回手繪的地圖上。

「……莉茲她們如果被捲進艾恩葛朗特的墜落而復活的話，應該就是被送回這個遺跡去了吧。從這裡的話……有二十五公里的距離……」

我也用手指指著地圖然後追加了說明。

「而且是直線距離。沿著河川行走的話應該超過三十公里……只不過，以莉茲和西莉卡的性格來說，應該不會經過好幾個小時都還乖乖待在開始地點……」

「的確如此。」

愛麗絲和莉法也在亞絲娜後面點頭同意了這個看法。

雖說結衣應該跟莉茲貝特以及西莉卡同行，不過我們家的女兒也絕對不是什麼慎重派。三個人從遺跡開始移動的話，我們要是隨便跑過去找人也幾乎不可能成功與她們會合。還是先回到現實世界跟她們取得聯絡比較好。

應該是做出同樣的結論了吧，亞絲娜一邊摸著在附近睡覺的大鬣蜥頭部一邊宣布：

「我先登出去發訊息給莉茲她們與結衣吧。也想在外面重畫這張地圖一起寄給她們，可能會花點時間。我的身體和這個孩子就拜託你們了。」

「知道了。我會好好保護妳的。」

聽見我這麼說後，愛麗絲和莉法也同聲表示「交給我吧」「等妳回來嘍！」。亞絲娜把背靠在高爐上，叫出環狀選單後又看了我們一眼才按下登出鍵。虛擬角色閉上眼睛，然後突然失去力量。看樣子確實不會消失。

「嗯……在ALO裡輪替登出去休息時，就習慣虛擬角色留下來的情形了……」

莉法代替亞絲娜摸著大鬣蜥的脖子並這麼說道。

「這就表示，我們到學校去上課時，會有長達十個小時左右維持這種狀態吧。這樣Unital ring對學生來說不是很不利嗎？」

「不論哪個MMO，學生和上班族都是同樣不利……」

我一這麼吐嘈，不知道為什麼愛麗絲就側眼瞪著我說：

「我不是學生也不是上班族，但絕對不是一整天都很閒喔。」

「那……那是當然了。RATH很會壓榨人啊……」

「可以說這種話嗎？哥哥不是想進ＲＡＴＨ工作？」

因為莉法的反擊而縮起脖子後，愛麗絲就露出意義深遠的燦爛笑容。

在亞絲娜回來之前也沒有需要討論的事情了，於是我便準備再次開始打鐵的工作。把用八人份的熊肉湯換來的地圖收進道具欄裡之後就站了起來。雖然眼睛閉上靠著高爐而坐的亞絲娜看起來就像在睡覺，但不必擔心在附近用鎚子敲敲打打會把她吵醒。至於在亞絲娜旁邊睡覺的大鬣蜥……吵醒的話就跟牠道歉吧。

我在愛麗絲與莉法的注視之下坐到鐵砧前面。舉起鎚子後為了要帥而旋轉了起來。將製作選單設定為釘子，對著新的鑄塊敲下最初的一擊——

「啊，抱歉。」

背後傳來這樣的聲音，我就緊急將右手停了下來。坐在圓木塊上的我回過頭去，看見那個短刀使單手拿著空了的碗站在那裡。

由於愛麗絲她們讓氣氛變得有些緊繃，我就邊對她們使眼色邊迅速站起身子。往前走了幾步和短刀使正面相對。

「什麼事？」

「沒有啦，想跟你們說聲多謝招待。來到這裡之後吃了蟲子與老鼠等各種東西，還是第一次吃到那麼美味的肉。」

「那真是太好了。」
「食器該怎麼辦呢？」
「放在地上就好了。」
「了解。」
短刀使輕輕舉起碗後，原本像是準備要離開，不過又再次轉向這邊。只見他透過較長的瀏海一直凝視著我的臉。
「那個……如果弄錯了先跟你說聲抱歉，不過……」
他猶豫了一會兒後，才以半信半疑的模樣——
「你不會是在二月的ALO統一淘汰賽裡獲得準優勝的桐人先生吧？」
反射性想表示「不是」，不過最後還是閉上嘴。很難說今後不會因為交易之類的事情而不得不公開彼此的名字。而且這時要是否定，被問到名字就得要創造出一個假名。雖然調侃了亞絲娜，不過我也絕對不擅長取名字。
「啊……嗯，是我沒錯啦。」
在沒辦法的情況下只能承認，短刀使的臉瞬間發出光輝。
「真的嗎！太棒了，一開始見到你的時候我就覺得應該是了……抱歉，可以請你跟我握手嗎！」

由於他說出一大串話並且靠了過來，我也只能吞下「我不喜歡這樣」的發言直接伸出右手。

短刀使以右手緊握住我的手並且用力上下搖動。結果左手上的碗因為用力過猛而滑落，掉落到地上後發出「喀嚓！」的聲音後整個碎裂。

「啊啊，抱歉！」

在這聲宛如悲鳴的叫聲底下。

我的腹部產生了又熱又冰，而且又像抽筋又像麻痺的感覺。默默把視線往下移，發現不知道什麼時候握在短刀使左手的金屬刀刃深深刺入我的腹部。

「桐人！」「桐人！」

當我聽見愛麗絲與莉法宛如悲鳴般的聲音時，我已經甩開被握住的右手並全力飛退。短刀從腹部拔出後，鮮紅的傷害特效光就像一條絲線般發出細微光芒。

我邊拔出背後的石頭小刀邊確認自己的ＨＰ條，發現原本全滿的ＨＰ已經不到五成。一擊就減少這麼多……雖然感到驚愕，但馬上就想到我的防禦力是零，而對方，不對，是敵人的短刀是金屬製的高級品。如果我沒有提升等級，一定立刻就死亡了。

敵人原本也是這麼認為吧，只見他瞇起眼睛看向我的頭上，然後發出驚訝的聲音。

「不會吧，剛才的手感只減少一半嗎……難道說你已經提升不少等級了？」

雖然對方這麼問，不過我也沒有回答「是提升了」的義務。相對的愛麗絲與莉法衝到我面前，一邊擺出石頭小刀與石斧一邊分別大叫：

「你做什麼！」

「這個卑鄙小人！」

即使被絕對不允許ＰＫ的女孩子們痛罵，短刀使依然是一臉滿不在乎的表情。這時他的頭上終於出現浮標，我便凝眼看了起來。

應該是攻擊了我的緣故吧，軸心部分的顏色變成紅寶石般的深紅色。緩緩旋轉的ＨＰ條下方顯示著【Ｍｏｃｒｉ】這樣的角色名稱。摩庫立……雖然不曾看過或是聽過，但也無法斷定是跟我扯不上任何關係的人。我以左手按著腹部的傷口，壓低了聲音問道：

「你是微笑棺木的相關人員？」

結果短刀使，也就是摩庫立一瞬間驚訝地瞪大了眼睛，然後不停搖著頭說：

「不……不不不，我不是那種歷史上的大人物。只不過是遊戲玩家啦。」

「但是你在刺殺我時倒是毫不猶豫嘛。」

「不不不，超猶豫的好嗎？心跳得超快耶。」

從摩庫立那目中無人的口氣來看，無法分辨他是以角色扮演的一環來刺殺我，還是像過去微笑棺木那樣是個徹頭徹尾喜歡殺戮的傢伙。我並非像愛麗絲這種完全否定PK的人，我的立場是在可以PK的遊戲裡面，要那麼做是每個玩家的自由，當然被攻擊的一方發動反擊也是自由，不過在這種異常事態裡不選擇合作而是偷襲的傢伙，我實在無法跟他們好好相處。

這時候在空地東側喧囂談笑的皮鎧男等人終於注意到狀況，接連站起身子往這邊跑過來。由於八個人是組成小隊，因此所有人頭上都出現紅色浮標。愛麗絲她們的浮標是綠色，所以紅色是犯罪者的顏色。不對……我不認為這個世界有犯罪的概念。單純是用來區分敵我的吧。

「喂，摩庫立。你在做什麼啊！」

率先靠過來的皮鎧男以沙啞的聲音這麼大叫。鱗甲男與其他五個人都露出相當慌張的模樣，這就表示攻擊我是摩庫立個人的判斷嘍……？當我這麼想的時候。

「波藍先生，那傢伙是守衛精靈族的桐人喔！就是淘汰賽第二名的傢伙！」

摩庫立一瞬間看向皮鎧男並這麼回答。

「而且已經到達鐵製工藝的階段了！要是能製作劍和鎧甲的話，即使有這樣的人數差異還是對我們不利，只能趁他還是裸體的時候動手了！」

下一刻，七個人產生了低沉的騷動聲。其實我完全沒有自己如此出名的自覺，但現在想起來，ALO的九族統一淘汰賽準優勝就等於是在Gun Gale Online的「Bullet of Bullets」獲得第二名。如果對於對人戰有興趣，那麼注意獲勝者的名字也不是什麼奇怪的事……或許吧。

被稱作波藍的皮鎧男以瞪大的雙眼交互看著我們和摩庫立——然後開口說道：

「看來……是沒辦法了。」

「咦咦咦！」

發出叫聲的是莉法。她以左手的食指指著波藍，連珠炮似的說著：

「什麼叫作沒辦法！為什麼會被說服！我們完全沒有和你們戰鬥的意思，是這個傢伙突然發動攻擊的耶！」

結果波藍考慮了一陣子該如何回答之後，才以開導般的口氣回應：

「看來妳還不了解。」

「了解什麼？」

聽見愛麗絲的問題後，波藍就聳聳肩並且回答：

「這個遊戲不單單只是生存ＲＰＧ，也不是歡迎ＰＫ的大亂鬥。我們被迫進行的是競速喔。九點的廣播不是說過了？最先的人能獲得一切。」

「……你知道那個『一切』是什麼意思嗎？」

這次換成我提問，不過波藍露出了「怎麼可能」的苦笑。

「雖然不知道……但是你應該也知道這個就跟當初的ＳＡＯ事件一樣嚴重吧？還算知名的ＶＲＭＭＯ全部……不只有ＡＬＯ，連飛鳥帝國、Luna Scape、Apophis Day、ＧＧＯ等遊戲也有許多玩家被轉移過來。你也想知道在這些人裡面成為第一名能獲得什麼獎品吧？」

「就算想知道，也不會像你們這樣不惜殺害其他玩家。」

聽見我的反駁後，波藍就以手指用力戳進短髮說：

「關於這個部分嘛，只能說誰教你剛好是桐人先生呢。」

「這……這是什麼意思？」

「只要是ALO的玩家都知道你很強。這樣的人連同房子掉到這麼好的地點，而且還連鐵都拿到了喲。讓你鞏固據點並湊齊裝備的話，我們根本沒有勝算。但現在的話，你還是裸體而且只有石頭武器。如此一來，任何人都會想在這裡先把你幹掉吧。」

「你們警戒過頭了。我們是因為想修理房子才會製鐵，完全沒有想幹掉你們成為『最初抵達者』的意思。」

「現在或許是這樣。但是等房子修好後又如何呢？不會開始想知道這個世界的祕密嗎？」

咧嘴笑了一下後，波藍就把手放到腰間的長劍上。愛麗絲與莉法迅速擺出備戰姿勢，不知道什麼時候醒過來的大鬣蜥也在背後發出「咕嗚嗚……」的低吼。

但應該是對戰力的差異相當有信心吧，波藍沒有拔劍而是繼續開口說話。

「……我們運氣很好。在ALO裡雖然是連給你們提鞋也不配的雜兵玩家，但也因此在緩衝期限後，繼承過來的裝備依然沒有超過重量限制。現在頂級玩家們都穿著草製服裝，拿著石頭武器在最初的遺跡附近徘徊喔……就跟你們一樣。我們決定要把握這個機會了。」

做出這樣的宣言之後，他就高聲拔出劍來。絕對不「簡陋」的鋼鐵劍身反射出火焰的光芒。他背後的六個人也不斷地拔出武器。

如果所有人的裝備都是從ＡＬＯ繼承過來，就能理解為什麼具備一擊就讓我的ＨＰ減少一半的威力了。全力與其互砍的話，石頭小刀一下子就會粉碎。雖然狀況是壓倒性地不利，但就此放棄掙扎乖乖引頸就戮並非我的行事作風。愛麗絲與莉法應該也打算抵抗到最後一刻吧。

即使沒有開口，波藍應該也感覺到我們的決心了吧。他繃起臉來，迅速做出指示。

「天恩、嘎斯，你們幹掉那邊那個離線的女人。多安和梅鐸負責貓耳，鐵力和卓普負責馬尾，桐人就由我和摩庫立來對付。」

他的指揮沒有一絲猶豫，看得出相當有經驗。當然我也不可能只是默默地聽他做出指示。

「愛麗絲、莉法，不要用格擋。專心迴避來等待機會！」

以兩個人能聽見的最小音量做出指示後，就聽見「了解」「知道了！」的回答。最後則是對另一個人，不對，應該是另一隻伙伴做出指示。

「阿蜥，好好保護亞絲娜！」

雖然無法確定身為亞絲娜寵物的阿蜥是不是會接受我的命令，但是從背後傳來了「咕哇！」的簡短鳴叫聲。雖然比不上尖刺洞熊，不過既然是出現在同一個區域，長喙大鬣蜥應該也是強力的怪物才對。就數值上的能力來看，比裸體的我高出許多也不是什麼不可思議的事。即使面對兩名擁有繼承裝備的對手，也會確實地保護主人——現在也只能這麼相信了。

「嗚喔喔喔！」

分成每組兩個人的敵方集團，在發出吼叫的情況下朝自己的目標衝過來。愛麗絲避往右側，莉法則是閃向左側，我則是待在原地來面對皮鎧男波藍與短刀使摩庫立。

由於在開闊處的二對一對我相當不利，所以想把他們誘進空地周圍的一大片森林裡，但是又不能離開登出中的亞絲娜。大鬣蜥就算再怎麼強大，剛被馴服的牠忠誠度應該將近最低值。腦袋裡應該要做出牠受傷後可能會逃走的準備。

「喔啦啊！」

波藍刻意隨著怒吼從正面揮下長劍。實際上有一半是在演戲吧。這是先吸引我的注意，然後摩庫立再從側面刺過來的作戰。以視界的右端捕捉短刀使的動作，並且往左踏步來迴避長劍。原本想繞到波藍背後，但摩庫立也死纏著我不放。於是就改變方針，往右邊急轉。波藍與摩庫立都是輕裝備，但是比機動力的話還是裸體的我占上風。

正如我所期待，摩庫立無法跟上我的腳步，對我露出毫無防備的左側。我立刻刺出石頭小刀撕裂他的左臂。些許紅色光點飛濺，圓形ＨＰ條減少了五％左右。如果能使用劍技就好了，心裡雖然這麼想，但我繼承的是單手劍技能，所以石頭小刀連基本技都無法發動。

但對手應該也沒有回復藥水，一點一點累積傷害的話，應該能看到勝機才對。我不貪功，直接用力往後跳去。

雖然一瞬間腳步踉蹌，但是立刻重整態勢的摩庫立，瞥了一眼自己的ＨＰ條後嘴角就往上揚。

「不愧是準優勝。」

「不是佩服對方的時候吧。」

聽見波藍的抱怨後，他就回答「好戲接下來才要開始呢」，接著重新擺出短刀。我也沉下腰部，準備發動下一波攻擊。

目前愛麗絲與莉法也沒有受到多大的傷害。以亞絲娜為目標的兩名敵人也被大鬣蜥的長喙攻擊絆住了。亞絲娜登出到現在已經過了十分鐘左右，應該差不多要回來了。

「嗚呀！」

這次換成摩庫立先有所行動。矮小的虛擬角色全力前傾，像在地面滑行一樣衝了過來。波藍則是跑在他後面。

就算往後退也無法避開。跳起來只會成為波藍上段斬的目標。只能選擇往左或是往右。剛才是往左，所以現在是……右邊！

活用裝備重量幾乎是零的優勢，我在沒有任何準備動作的情況下跳往右邊。對方應該不可能追上來，就趁摩庫立變換方向的時候攻擊波藍。瞬間做出這樣的決定，我就再次準備往地面踢去——但是。

維持前傾姿勢的摩庫立往後伸出左手，波藍則同樣以左手一把抓住。同時緊急煞車，將摩庫立往旁邊甩。完成獨自一人不可能辦到的急轉彎後，短刀使一口氣朝我逼近。

「嗚……！」

我以左手拍開從下方往上朝肚子伸過來的刀刃。我當然是瞄準側面，但皮膚還是稍微被劃破，光是這樣就被削減ＨＰ。目前還剩下四十五％。

我再次拉開距離，對著兩人問道：

「你們不是在這裡認識的吧？」

「是啊。我、摩庫立和鐵力的孽緣從ＡＬＯ就開始了。」

「原來如此……」

不要說呼喊了，連眼神都沒交換就能聯手使出那種招式的話，對於這兩個人的評價就必須往上提升兩個等級了。雖然自己表示是沒用的雜兵，但是在集團的對人戰方面應該相當有自信以及經驗才對。

或許是感覺到我的焦躁了吧，摩庫立的嘴角再次動了起來。

「不好意思，是時候把事情結束了。因為感覺已經掌握得差不多了。」

「感覺……？還真是籠統的說法。」

「這是老師的教導啊。不要只看對手的某個部分，要掌握全體。老師說……這樣就能知道對方想做什麼、討厭什麼了。」

「老師……？」

在我皺起眉頭的同時，波藍就輕輕戳了一下摩庫立的肩膀。

「喂。」

「是是是。那就用那招來解決他吧。」

摩庫立迅速往左邊移動，波藍也移向右邊，讓我變成站在一邊三公尺的正三角形頂點。擺在下段的短刀與擺在上段的長劍，同時以光鮮的燐光點綴著黑夜。

——劍技！

只要被其中一邊擊中絕對就會死亡。但是被從左右兩邊以上段技與下段技包夾的話，完全迴避的難易度也會提升許多。這種時候率先攻擊其中一方已經是定律，但現在的我無法使用劍技。通常攻擊的話，不要說敵人的武器了，就算擊中防具石頭小刀也可能會粉碎。

不知道是不是腎上腺素飆高的緣故，在無限延展的時間感覺當中，我掌握到整個戰場的模樣。

待在遠處的愛麗絲與莉法也跟我一樣被逼進三角形頂點的位置，被敵人以劍技從左右兩側瞄準。這樣下去三個人會同時被殺掉。得想辦法躲過這個危機，抓住逆轉的契機才行。但是，該怎麼做——

就在這個時候。

「咕哇啊啊啊——！」

尖銳的吼叫聲與男人的悲鳴重疊在一起。大鬣蜥咬住了其中一名敵人。波藍與庫摩立的劍尖震動了一下，前導特效光產生了搖晃。瞬間，我以全部的力量朝著大地踢去。

波藍與摩庫立也不是完全沒有預料到我會往前突進。但我幾乎是全裸，所以應該判斷這樣的機率是一成以下。因此劍技的發動晚了零點幾秒。對怪物戰的話是不會成為空隙的時間，但在對人戰時——有時候足以改變命運。

「吶啦啊啊！」「嘖——！」

波藍的單手劍直斬技「垂直斬」從右上，摩庫立的短劍朝上突刺技「犬齒」從左下方迫近。我往前方跳去，然後以跳高的要訣扭動身體。

長劍從後仰到極限的喉嚨上方劃過，短劍從像弓一樣彎曲的背部正下方通過，只留下些許冰冷的感覺就消失在空中。自覺ＨＰ減少了兩％左右的我，讓身體在空中旋轉兩次後著地，然後直接往前衝。目標是瞄準莉法的其中一名敵人。並非因為她是我妹妹，而是因為她比愛麗絲近了大約兩公尺左右。

——愛麗絲！想辦法自己閃避攻擊吧！

心裡如此祈求著，同時石頭小刀深深刺入敵人毫無防備的背部。

「啪嘰」一聲，手上傳來不祥的感觸。因為剝圓木的樹皮而過度使用的小刀，耐久力終於歸零了。但是莉法也趁著敵人動搖時以滑行來脫離包圍，準備和我一起前往救援愛麗絲。

但是根本沒有這種必要。

我看見的，是亞絲娜將整支石頭小刀插進夾擊愛麗絲的其中一名敵人的側腹部——

「……亞絲娜小姐……！」

莉法發出驚愕的聲音。也難怪她會這樣，因為短短三秒鐘之前，亞絲娜還處於登出狀態，整個人靠在高爐上面。

也就是說她在覺醒之後一秒鐘就掌握了狀況，然後又花了一秒鐘舉起武器來衝刺，在最後一秒鐘成功地對遠在十公尺之外的敵人發動了奇襲。只能說對應能力實在太驚人了——但是同時也付出了代價。亞絲娜的小刀似乎也因為承受不了衝擊而粉碎。

不錯過一瞬間的空檔成功突圍的愛麗絲，對著我們呼喚「往這邊！」。按照她的指示跑過去後，在背靠著圓木屋牆壁的狀態下停下腳步。遲了一會兒後大鬣蜥也過來會合，只見牠用頭摩擦著亞絲娜，像要撒嬌一樣發出「咕嗚……」的叫聲。

應該是為了保護主人而奮戰吧，有許多包覆身體的鱗片脫落，自傲的長喙也滿是傷痕。但就算是這樣，當亞絲娜溫柔地摸摸牠的脖子後，牠便毅然地抬起頭來。

暫時陷入混亂的敵人在波藍的號令下立刻恢復冷靜，組成包圍我們的半圓形陣形。他們似乎不打算多說些什麼，從十公尺左右的遠方擺出長劍與斧頭，一點一點朝我們逼近。雖然讓幾個人受傷了，但八個人都還存活著。

另一方面，我們的武器只剩下莉法的石斧與愛麗絲的石頭小刀。很遺憾地，我只能做出很難贏得勝利的判斷。那麼接下來該採取的行動就是逃走，但我們消失了之後這些傢伙就會占據這間房子與空地，把這裡變成自己的據點。雖然不清楚圓木屋在系統上的所有權歸屬，但是根據生存RPG的常態，很可能經過一定時間的占據後就會變成奪取。

是要逃走，還是力戰至死呢？

面對這兩條無法選擇的道路，我只能用力咬著嘴唇——就在這個時候。

「咕嗚……？」

大鬣蜥發出讓人覺得是疑問形的叫聲。

下一刻，完全出乎意料的事情發生了。從我們的正面，也就是波藍他們背後的森林裡衝出幾條影子。

原本以為是重新湧出的尖刺洞熊，但顯然並非如此。以兩隻腳站立的纖細剪影明顯是屬於人類。由於對方沒有拿火把，所以完全看不出真面目。總共是六……不對，是七個人。加上後面還可以看見彷彿是小孩子的嬌小人影。

遲了一會才注意到新闖入者的波藍等人，立刻就轉身架起武器。站在謎之集團前頭的，應該是屬於男人的高大影子，舉起像是長槍的東西並發出吼叫般的聲音。

「ΧΧΧΧΧΧ、ΧΧΧΧΧΧΧΧΧ！」

雖然覺得是語言……但似乎加了好幾重噪音濾波器而產生嚴重扭曲，實在無法理解究竟是什麼意思。但伙伴似乎能聽懂，只見他們迅速排在舉槍人影的左右兩側並伸出斧頭與彎刀。

我直覺他們不是玩家而是ＮＰＣ。這時波藍的同伴像是要證明我的想法般以沙啞的聲音叫著：

「是……是盆地的原住民！」

「會什麼會出現在這裡？」

「那……那些傢伙很恐怖喔！」

如果連全身穿著繼承裝備的波藍等人都如此慌張，那麼ＮＰＣ的實力就無庸置疑。這是逆轉形勢的好機會……雖然很想這麼認為，但事情的發展不會如此順利吧。認為ＮＰＣ會只攻擊波藍等人而放過我們實在是太一廂情願了。

要說到可以如何利用狀況，大概就只有看準ＮＰＣ開始攻擊的時機，我們也衝出去夾擊八個人，然後一溜煙地逃走吧。ＮＰＣ應該不會占據玩家小屋，過一陣子之後再回來的話……

但是事態又再次朝著我完全想像不到的方向發展。

「鏘鏘鏘鏘鏘鏘鏘鏘鏘嗯！」的連續金屬聲在夜裡的森林高聲響起。來源似乎是眾ＮＰＣ的後方。一開始認為是呼喚同伴到這裡來的銅鑼，但是敲打的速度實在太快了。聽起來不像樂器，比較像是以鎚子胡亂敲打鐵砧之類的物品……

「鐵砧……」

如此呢喃之後，才終於注意到那是事實。排成一橫列的ＮＰＣ——波藍他們所說的眾「盆地原住民」背後，存在我所製造的高爐、鑄造台以及鐵砧。而其中一名ＮＰＣ正敲打著那個鐵砧。

不過，為什麼呢？只是為了發出聲音？這麼說來，是給伙伴的信號嘍？

波藍等人也感受到不平靜的氣氛，可以聽見他們發出沙啞的聲音。

「那些傢伙在做什麼……好像不太妙耶？」

「就算是這樣也不能無功而返吧。奪取這裡的話就能製作所有人的新武器和防具了。」

「怎麼辦呢，波藍？」

短暫的沉默之後，可以聽見波藍的指示。

「鐵力、卓普、多安負責牽制ＮＰＣ……但是不要主動攻擊。剩下的五個人全力解決桐人他們。」

——要來了嗎？

在我空手擺出迎戰姿勢的同時，波藍、摩庫立與其他三個人就轉過身子。

不知不覺就聽不見敲打鐵砧的聲音，不過也沒有出現ＮＰＣ援軍的模樣，只有目前待在現場的六七個人持續舉著武器。他們沒有打算攻擊的話，狀況就跟剛才差不了多少。就算八名敵人變成五個，對我們來說還是壓倒性地不利。

忽然間感覺從右側的森林裡傳來沙沙的細微聲音。

原本以為是一些敵人通過森林繞到該處，但是占據空地中央的紅色浮標玩家依然是八個人。如果是熊的話應該會發出更大的聲音，判斷應該是小動物的我把意識拉回正面。

波藍等五個人在架著武器的情況下慢慢縮短距離。應該是打算進入攻擊範圍的瞬間就以劍技同時攻擊來決定勝負吧。雖然是平凡無奇的正攻法，但也因此而難以對付。

我剩下來的最後手段，就只有道具欄裡幾乎快到搬運重量上限的岩塊了。要趁亞絲娜她們戰鬥的時候爬上屋頂，再試一次雪崩作戰？不行，上次的對手是只會單調行動的熊才能成功。波藍他們在我爬到屋頂將岩塊實體化的瞬間就會察覺我的意圖，馬上就會閃開了吧。

怎麼辦。怎麼辦才好——

「請用這個吧，爸爸！」

「————！」

突然從腳邊傳出的聲音讓我屏住呼吸。像彈起來一樣往腳下看去，就看見一名白色洋裝上裝備著皮鎧的黑髮少女彎曲著身體，圓滾滾的大眼睛一直往上盯著我看。那雙漆黑的眼睛，就像是閃爍著無數星星的夜空。

「結衣……？」

「是結衣嗎？」

我和亞絲娜同時叫了出來，然後忘我地準備抱起心愛的女兒。但是結衣立刻舉起左手來制止我，同時對著我揮動右手。眼前出現寫著【接到來自Ｙｕｉ的交易申請。是否接受？】的小視窗。

——交易？來自應該沒有道具欄的結衣……？

即使對這種不可能的事態感到愕然，我還是反射性按下同意鍵。但是交易沒有進行，取而代之的是【所持容量不足】的錯誤訊息。要接收物品，就必須先想辦法解決道具欄的岩塊。

「喂，那是在做什麼！」

或許是察覺交易視窗的光線了吧，可以聽見其中一名敵人這麼大叫。接下來就是波藍的聲音。

「別讓他們繼續！快衝過去！」

可以聽見踢向地面的腳步聲。不行，現在才開始整理道具欄根本來不及了。

我立刻打開環狀選單，敲下技能圖示。手指在上面移動，從石工技能的可製作選單一覽表裡選擇「石製高爐」。

下一刻，正面三公尺左右的地點就無聲出現巨大的淡紫色塊狀物。那是決定高爐設置位置的殘像物體。我大動作揮動右手，全力張開手指。殘像以驚人速度在地面滑行，朝波藍他們逼近。

如果他們有大型建築的經驗，這種方法就發揮不了作用。但是所有人的裝備都是繼承自ＡＬＯ的話，應該就不需要製作生產設備。這樣的話一定——

「喔哇，這是什麼！」

如此叫喚的摩庫立在地上打滾來避開殘像。其他四個人也用力往左右兩側跳去。我先縮短右手手指的間距將殘像拉回來，然後再次令其跑動。這次波藍也以漂亮的後空翻來閃開殘像。

但是這種擾亂敵人的小手段不可能一直有用。

「喂，那是建築時叫出來的東西吧？」

一個人剛這麼大叫，波藍就一瞬間瞪大了雙眼，然後恨恨地丟出一句：

「可惡，敢耍我們……！你們幾個，那紫色的東西沒有實體！不用理它直接衝過去！」

摩庫立等人發出吼叫聲來回應，並且聚集到波藍身邊。他們重新擺好武器，所有人聚在一起衝過來。

我再次揮動右手，將殘像移動到他們跟我的中間地點。五個人已經完全不打算迴避了。反而加快速度，從頭部撞向被識破毫無害處的物件。

沒錯……殘像是完全無害。但是……

在最前面的波藍接觸到殘像前，我就用力握緊右手。

「轟轟！」的轟然巨響之下，在空中實體化的巨大高爐與殘像重疊在一起。零點一秒後，波藍就猛烈地撞上厚厚的石牆，接著摩庫立與三個人也撞了上去。接著便傳出足以讓高爐震動的衝擊聲。所有人都被反彈回去，從背部倒向地面。

雖然想檢查浮標確認損失了多少ＨＰ，但是根本沒有那種時間。接下來的幾秒鐘是決定生死的關鍵。

我再次同意結衣依然表示在視界裡的交易申請。藉由高爐的建築消耗了大部分的岩塊，立刻有五個道具傳送到變得清爽許多的道具欄裡。顯示出來的名稱是「高級鐵胸甲」、「高級鐵腰甲」、「高級鐵護足」、「高級鐵護手」以及「高級鐵製長劍」。

把「結衣為什麼有這種東西」的疑問踢出腦袋，我以最快的速度移動手指——速度說不定跟在舊艾恩葛朗特第七十四層魔王「閃耀魔眼」戰鬥時把技能與劍變更為二刀流差不多，瞬間把所有道具拖到裝備人偶上。

全身包裹在淡淡光芒之下，防具開始實體化了。雖然不是太講究的外表，但是鋼青色的裝甲發出厚重的光芒，讓人理解「高級」兩個字絕非只是裝飾。我雖然不喜歡阻礙動作的金屬防具，但光著身體好幾個小時之後，這種重量讓人感到相當可靠。

最後光芒包裹左腰，然後一把劍就實體化了。我以左手確實抓住劍鞘，然後右手放到結衣頭上。

「謝謝妳，結衣。再來就交給我吧。」

「好的，爸爸！」

視線從很高興般點頭的結衣移到亞絲娜、愛麗絲以及莉法身上，用力點了一下頭之後——

「……我去去就回來！」

叫完這麼一聲，我就猛然衝了出去。右手抽出長劍並將其擺到肩膀上方。「啾咿咿嗯」的劍技前導聲讓我全身的血液沸騰。

前方可以看到猛烈撞上高爐的五個人終於站了起來。距離最近的斧使注意到我的存在而瞪大了雙眼。雖然想叫些什麼，但已經太遲了。

「喔喔喔！」

隨著咆哮踢向地面，發動單手劍突進技「音速衝擊」。淡綠色閃光撕裂黑暗，最後被吸進敵人的左肩口。

「咚咕！」的沉重手感，讓我一瞬間不由得想起石頭小刀粉碎時的事情，但鐵製長劍晃都不晃一下就把劍技的威力傳達出去。斧使噴出鮮紅特效光並且被轟飛，整個人猛烈地跌到地上。光是一擊就削除了八成以上的ＨＰ。

著地的同時就進入技後僵硬狀態，這時一道矮小的人影從左邊朝我衝過來。那毫不猶豫的行動可以看出對方相當習慣劍技戰。來者正是摩庫立。

數分鐘前刺進我腹部的短刀帶著黃色光芒。從那個動作來看，是短劍突進技「急咬」。

「殺啊啊！」

摩庫立朝地面踢去。這時候我終於解開技後僵硬狀態，但已經來不及迎擊劍技。也無法藉由腳步來迴避。

我讓摩庫立的刀刃靠近到極限，然後以長劍的側腹抵擋正確瞄準心臟位置的刀尖。這種左手撐著劍身來對抗劍技威力的防禦技，通稱是「２Ｈ格擋（Tow hand）」。

金屬與金屬的撞擊發出「鏘咿咿嗯！」的悲鳴，橘色火花燒焦了黑暗。如果用這招來抵抗沉重雙手武器的劍技，有可能會出現武器遭到破壞的情形，但是短刀的話應該能撐住才對。

黃色特效光開始搖晃、閃爍然後消失……這個瞬間，我就用自己的右腳掃向摩庫立的左腳。短刀使失去平衡，以攤開雙臂的姿勢跌倒在地。我就趁隙將橫躺的劍直接移動到左腰。

「互不相欠了！」

呢喃完後就發動新的劍技。帶著藍色光芒的劍身發出低吼並且水平劃出，深深地陷入摩庫立的側腹部當中。在刺入身體的情況下直接九十度迴轉，往正上方把胴體切成兩半。

「咕啊啊！」

就算沒有痛楚，虛擬角色從內部被刨開的感覺還是難以忍受吧。摩庫立雖然發出呻吟，但是這樣仍不足以支付違背正當交易，試圖把我們全部殺掉的代價。從腹部移往胸口的劍刃，以爆發般的去勢陷入敵人身體。這是單手劍三連擊技「殘暴施力點」。

被刺擊的壓力轟飛出去的摩庫立，一邊灑下驚人的大量傷害特效光一邊滾到快要跑起來的波藍等人腳邊。環狀ＨＰ條急遽減少並且歸零。

原本以為會跟洞熊的時候一樣屍體留在現場，但接下來發生的現象可以說完全出乎預料之外。歸零的ＨＰ條高速旋轉並巨大化，然後變成一串數字列。【０００：０３：０２：４５】的數字，絕對跟環狀選單中央的計時器所顯示的時間一樣。也就是說，摩庫立從聽到謎樣聲音的時候——生存遊戲開始的瞬間到現在共活了三小時兩分鐘又四十五秒才死亡。

數字形成的圓圈停止旋轉並消失的同時，成為浮標中心的尖銳紡錘就像子彈一樣往正下方發射，貫穿了摩庫立的屍體。虛擬角色分割成無數個環，噗簌簌地分解，最後變成幾條緞帶往

夜空升去——

最後從空中掉下一個略大的黑色布袋，落地後發出沉甸甸的聲音。應該是所持物品與裝備掉落了吧。茫然看著這一切的波藍，像裝了彈簧般抬起頭來瞪著我。然後以長劍指著我大叫：

「鐵力你們別理原住民了，過來包圍桐人！無論如何都要幹掉這個傢伙！」

聽見指示的鱗甲男一瞬間露出猶豫的模樣，但立刻發出「喔喔喔！」的叫聲轉過身體。他舉起雙手用鎚子，和左右兩邊的同伴一起跑了起來。待在製鐵區域的ＮＰＣ們果然不打算有所行動。

剩下六名敵人。我獨自一個人要打倒當然已經在警戒我方劍技的他們絕非易事，但是為了保護亞絲娜、愛麗絲、莉法……以及結衣，也只能硬著頭皮上了。為了想避免對方看準時機在技後僵硬中發動奇襲而封印大技，改以普通攻擊以及空隙較少的單發技來削減對方的ＨＰ。打倒領頭者的話，一定能看見勝機。

我為了迎擊排成橫列跑過來的六個人而舉起長劍。

簡直就像要呼應我的動作一般。

從後方ＮＰＣ之間衝出兩道人影，盡力將腳步聲壓低來衝刺的人影從波藍他們後面逼近。至今為止一直保持旁觀的態度，為什麼突然發動攻擊……？感到疑惑的我，下一刻就因為過於驚愕而差點叫了出來。

那不是ＮＰＣ。

雖然身穿樸實的皮革裝備，但除了具特色的髮型之外，最重要的是絕不可能錯認在其中一人頭上飛行的藍色小龍。那兩個人是應該和艾恩葛朗特一起墜落的莉茲貝特與西莉卡。

如此一來，剛才敲打鐵砧的聲音就能說得通了。那不是什麼信號，而是真正的打鐵聲——莉茲貝特用我設置的鐵砧來敲打我製作的鐵板與鑄塊，製造出我現在裝備著的鎧甲與長劍。然後接下它們的結衣就活用嬌小的身軀悄悄繞過森林把它們交到我手上。

與莉茲貝特稍微拉開距離的西莉卡，看見我後只一瞬間露出微笑。如此一來就沒有避免使用大技的顧慮了。跟我默契十足的兩個人將會掩護陷入技後僵硬的我。

「喂！」

好不容易注意到西莉卡她們正猛追上來的鐵力，一邊大叫一邊轉過身子。感覺到六個人的腳步出現紊亂的瞬間，我就往前伸出左手，將右手的劍全力往後拉。尖銳的前導聲震動著夜色，接著從劍尖迸發出深紅閃光。

聲音急遽增加厚度，轉變成金屬質的巨響。感覺系統輔助降臨的剎那，我就以渾身的力量踢向地面。

單手劍單發重攻擊技，「奪命擊」。

跳躍的我解放累積到極限的力量。從轟然射出的劍尖延伸出血色長槍，朝著波藍的胸口逼近。

「嗚哇啊啊啊！」

大叫著的波藍，像剛才的我一樣，把劍打橫想要擋下這一擊。但是深紅的長槍把厚實的劍身像玻璃一樣粉碎，直接深深地貫穿皮革胸甲。

要瓦解失去隊長波藍與副隊長摩庫立的小隊並不用花太多的時間。如果逃走的話就打算放他們一馬，不過戰至最後一人還是持續進攻的他們確實相當有骨氣。不對，或許他們並非真正的伙伴。如果所有人都以成為謎之聲所宣告的「能獲得一切的最初之人」為目標，那麼探索旅程的最後就會面臨互相殘殺的命運。

最後還站著的是穿著鱗甲的高大椰頭使鐵力，但他完全跟不上西莉卡靈活的動作，延腦被短劍突進技「急咬」轟中後終於失去了生命。

即使第八個掉寶的袋子從空中落下，我還是有好一陣子不知道該怎麼辦才好。想跟一起奮鬥的莉茲貝特與西莉卡道謝，也想跑到在房子的牆邊抱緊結衣的亞絲娜身邊，同時又想慰勞愛麗絲與莉法的辛勞，另外依然在空地西側擺出備戰態勢的眾NPC也很令人在意。

不過還是應該以確保安全為最優先事項。

如此判斷之後，我就把劍收回劍鞘並走向西莉卡。她頭上的小龍張開翅膀，發出「咕嚕嚕」的聲音向我打招呼。
「那……那個……畢娜也轉移過來了啊。」
忍不住這麼說道之後，西莉卡就露出「第一句話竟然說這個？」的表情，不過立刻就展現笑容來點了點頭。
「嗯嗯，莉茲小姐繼承了愛用的鎚矛與打鐵鎚子，我卻只有短刀……所以我想畢娜應該是被當成道具轉移到這裡來了。」
「這也就是說，貓妖族的龍騎士們可以帶飛龍過來嘍……」
「啊，說不定喔。只不過龍的食量很大，要確保牠們的飼料應該會很辛苦吧。」
當我們說這些話時，莉茲貝特就站到我前面，右手放在下巴上不停打量著我。
「嗯……金屬鎧也滿適合你的嘛。」
「啊，這是莉茲幫我做的吧。謝啦，幫了我一個大忙。」
「想道謝的話，之後再給我物質上的表示吧。」
「遵命……」
這時候亞絲娜她們也從牆壁邊走過來，我就用雙手用力摸著亞絲娜懷中結衣的頭。看見她怕癢的笑容後憐愛之心油然升起，不過不知道的事情實在太多了，甚至不清楚該從何問起。
在淚眼互相擁抱的亞絲娜她們身邊不斷發出「嗯、那個、嗯嗯……」的發語詞後，愛麗絲就把視線看向後面的NPC並且詢問：

「莉茲，他們不是敵人嗎？」

「嗯？啊，不用擔心。那些人是巴辛族的人，西莉卡和族長單挑之後變成好朋友了。」

「這……這是什麼不良少年漫畫的發展……」

聽見莉法的感想後，西莉卡就不停揮動雙手。

「不……不是啦，我才沒跟人單挑呢！」

「差不多了吧。」

莉茲貝特直截了當地如此表示，然後對依然架著武器的五名NPC招手。幾名伙伴之間說了一些話後才緩緩靠近的樣子，實在不像是由單純的演算法所操控。他們所有人應該都像存在於舊SAO的一部分NPC那樣經過高度的AI化。

似乎是領袖的槍使不知道為什麼對著結衣搭話。內容還是一樣完全聽不懂。

「ℤℤℤℤℤℤℤ？」

「ℤℤ、ℤℤℤℤℤℤ。」

結衣立刻用相同的語言來回答，除了莉茲與西莉卡之外的四個人都瞪大了眼睛。對話持續了一陣子，結衣才切換成日文來對我問道：

「爸爸你們是跟房子一起掉到這裡來的吧？」

「呃……嗯，是啊。因為整個樓層從艾恩葛朗特分離……」

「從巴辛族的聚落似乎可以看見房子掉下來時的模樣。他們是為了調查什麼東西掉進森林而來到這裡，他們提供我、莉茲和西莉卡小姐裝備，相對的我們則協助調查。」

「……原來是這樣啊……」

也就是說結衣她們不知道我和亞絲娜在這裡，就遠路迢迢地越過荒野來到此地。必須得感謝VR之神的引導，以及就結果來說算是擔任了三人護衛的巴辛族眾人才行。我重新轉向槍使，畏畏縮縮地伸出右手。

「謝……謝謝。」

雖然對方應該聽不懂但我還是試著這麼說道，槍使以極度懷疑的表情看著我的臉和手，最後粗糙的大手一瞬間跟我握了一下後就迅速抽了回去。當我想著「算是成功建立起友好關係吧」的時候。

我在巴辛族身上那件看來經常穿著的皮鎧胸口發現閃亮的物體，於是凝眼仔細看了起來。以皮革細繩綁起來的那個東西是牙齒形狀且透明的——玻璃。

「啊……那……那是在哪裡入手的？」

我邊叫邊指著他的項鍊，結果槍使就低頭看向胸口。咧嘴露出自傲的笑容後就把皮繩拿起來給我看。

藉由結衣的口譯問了一連串問題之後，得知玻璃的主材料矽石是從河川對面的台地，副材料草木灰只要燃燒附近的草木就能獲得。實際上，只要調查愛麗絲點起的營火留下的痕跡，就能採集到幾個灰色塊狀物。熔化這些素材的火爐似乎沿用製鐵用高爐就可以了，看來建造在空地正中央的第二座高爐也不是完全派不上用場了。

為了採集亞麻仁油，也順便請他告訴我亞麻的自生地，這樣湊齊修復圓木屋所需要的所有素材道具就算有頭緒了。為了感謝他們幫了許多忙，亞絲娜就做了熊肉湯請他們喝，結果巴辛族人就很高興地大口吃將起來。尖刺洞熊的肉對他們來說似乎是最高級的料理。

目送露出超滿足表情走回聚落的巴辛族離開，我們就一起呼出長長的一口氣。時間已經過了凌晨一點。距離圓木屋崩壞還剩下三個多小時。

「——好了，還有許多事情還沒做喔。」

這麼說完，愛麗絲就啪一聲拍了一下手。莉茲貝特也像是做收音機體操那樣彎曲雙臂，然後以平常那種充滿元氣的聲音說：

「能夠在房子壞掉之前就會合真是太好了！鐵板和鐵釘之類的就交給我，桐人你們去拿其他的材料過來吧。」

「嗯……噢……這個點子是不錯，不過妳幫我製造這副鎧甲和這把長劍之後，鐵鑄塊可能有點不夠了……」

得再去一趟熊的洞窟，真不行的話就把好不容易做好的鎧甲熔化，心裡這麼想的我一開口這麼表示，西莉卡就露出燦爛的微笑，然後指著集中到空地中央的掉寶袋說：

「別擔心！只要熔化一些剛才那些ＰＫ的傢伙掉下來的裝備，一定就能獲得許多鐵了！」

「…………這……這樣啊，原來如此。」

雖然是非常合理的點子，但我還是忍不住和亞絲娜她們面面相覷。

9

「呼啊……」

當心裡想著再過五分鐘就下課了的瞬間，不知道第幾次的睡意大浪席捲就而來，亞絲娜／明日奈便輕輕打了個呵欠。

九月二十八日星期一，中午十二點四十五分。明日奈就讀的高等專修學校，通稱「歸還者學校」的第一節課是從上午九點開始，跟其他學校相比算是晚了一些。這對於長距離通學的明日奈來說是很幸運的一件事，但是第四節的下課時間當然會變得比較晚，在睡眠不足的日子精神力就會稍微受到考驗。

住在世田谷區宮坂的明日奈，從最近的宮之坂車站搭乘東急世田谷線到下高井戶車站，然後搭京王線只坐一站到明大前車站，在那裡換成京王井之頭線到吉祥寺車站，然後從那裡搭巴士才終於能抵達西東京市的校區，通學的路線可以說相當複雜。聽見桐人／桐谷和人表示「騎機車上學的話三十分鐘就能到」時，還以為他是在開玩笑，所以直接否定了這個提議，但最近經常會想……是不是該認真考慮一下這種做法了。

當然父母親不會允許自己去考機車駕照，只要把長距離通學當成復健的一環，就不會覺得那麼辛苦了，但那僅限於身體狀態良好的時候。昨天，不對，今天早上直接熬夜到凌晨五點，僅有一個半小時的睡眠時間，即使站在電車裡面意識也會突然變得模糊，差點就要因為睡著而錯過第一個轉乘的車站。在沒辦法的情況下只能戴上Augma，要結衣在適當的時機叫醒自己，最後甚至浮現「到學校之前乾脆讓她操縱身體」這種只有桐人才會出現的念頭。

上課中也必須拚命跟不斷襲來的睡意戰鬥，不過對於熬夜的行為並不感到後悔。有一段時間幾乎已經放棄完全修復「森林之家」了，但最後還是順利達成目標。

圓木屋復活之後，現在明日奈等人的虛擬角色就躺在客廳裡。都是因為Unital ring莫名其妙的系統，登出後虛擬角色不會消失，不過毫無關係的陌生人似乎無法擅自進入玩家小屋——組成小隊前已經藉由莉茲貝特試驗過了，所以絕對不會錯——因此不用擔心沒有意識的虛擬角色會被侵入者殺害。

但就算這樣也不是絕對安全。和人表示……因為圓木屋本身並非無法破壞，應該可以使用爆炸物、投石機，或者吸引大型怪物來攻擊等手段破壞圓木屋才對。現在圓木屋是由「長喙大鬣蜥」與結衣幫忙看守，如果受到什麼人攻擊的話，也只有從學校潛行這個對應的方法吧。

因此明日奈她們在今天早上登出之前，就訂立了盡量在房子周圍構築堅固的牆壁，以及增加幫忙守護家園的馴服怪物等新目標。生產設備已經湊齊了，因此必須收集大量的資源。要做的事情實在太多，老實說真的很想盡快趕回家戴上AmuSphere然後躺到床上。

——原本一直提醒自己玩ＶＲＭＭＯ的時間要有所節制，想不到這個時候才出現這樣的心情。

經典的鈴聲掩蓋了忍不住露出的些許苦笑。

行完禮的教師從前門走出去的瞬間，教室的空氣就跟平常一樣鬆懈了下來。但是今天在這樣的情形中，似乎還飄盪著一絲的興奮與緊張感。隨意環視了一下教室內部，發現公布自己是ＶＲＭＭＯ玩家的學生們分成了幾個團體，把臉湊在一起專心地說著悄悄話。應該是被強行捲入Unital ring，現在正交換相關情報吧。

當然明日奈在午休時間也要在學生餐廳裡跟里香（莉茲貝特）、珪子（西莉卡）、和人會合來談論今後的各種事情。那個時候就讀其他學校的直葉（莉法）與ＧＧＯ玩家詩乃預定要使用Augma來參加會議。

詩乃雖然在ＧＧＯ與ＡＬＯ都有帳號，但主要使用的ＧＧＯ角色似乎也被強制轉移到Unital ring來了。昨天幾乎沒有聯絡，是因為她也被丟到那個世界的某處，同時有了相當辛苦的遭遇，今天應該也可以聽到那些事情。

網路上也因為這次的事件而產生極大的騷動，攻略網站立刻像雨後春筍般出現，現在結衣正幫忙爬取所有的情報。她似乎對於在Unital ring世界是沒有特殊權限的一般玩家感到遺憾，不過明日奈倒是覺得有點高興。至今為止許多事情全是靠女兒結衣幫忙，今後明日奈也可以保護結衣了。

擁有ＨＰ也就等於有死亡的可能性。但是自己絕對不會讓任何人受傷。在解除異常事態，回到阿爾普海姆之前……或者是抵達謎之聲所宣告的「極光指示之地」之前，一定會保護大家的安全。

明日奈在心裡下定這樣的決心，為了前往餐廳而準備站起來。

但是這在之前，某個人站到她的桌子前面。同時發出聲音。

「結城……明日奈小姐？」

「…………？」

抬起頭來就看到一個女學生露出淡淡微笑低頭看著這邊。那不是自己認識的學生。說起來，帶著深藍色衣領的灰色西裝外套不是歸還者學校的制服。

讓人聯想到烏亮如玉這個形容詞的光亮黑髮跟明日奈一樣長。肌膚就跟雪一樣白，有著一副令人產生散發出冷氣般錯覺的凜冽美貌。

「是的，我是結城……請問妳是？」

站起來一問之下，幾乎跟明日奈一樣高的女學生就輕輕點了一下頭並且報上姓名。

「初次見面。我叫神邑樒……今天剛轉學過來。請多指教，結城小姐。」

＊＊＊

「哈呼唔哇啊啊…………」

打了一個大大的呵欠之後，我就開始摸索制服的口袋。拿出從家裡帶來的眼藥水容器，然後轉開瓶蓋。我原本想點眼藥水，但在這之前，又有一個呵欠湧到了喉頭。

舊ＳＡＯ時代，狩獵到早上再睡個兩三小時補眠就再次出擊已經像是家常便飯。現在卻僅因為拚一個晚上就變成這副德性，看來我也老了……我的內心不得不這麼想。我反覆眨著眼睛，等待睡意的浪潮退去。

好不容易迎接午休時間的教室裡，跟平常的星期一比起來顯得較為吵雜。為數眾多的ＶＲＭＭＯ玩家們正壓低了聲音討論著Unital ring世界的傳聞。這也是理所當然的事。自從昨天的強制轉移到現在已經過了二十個小時以上，卻連原因都還找不出來，包含ＹＭＩＲ在內的許多營運企業都只能發表「調查中」的評論。

當然我也完全無法得知發生了什麼事。只不過，唯一可以推測出一件事情。如果說有哪個人可以完成統一所有The seed連結體這種驚天動地的事情，那也只有一個人——就是The seed支援套件的原型，Cardinal系統的製作者茅場晶彥。

正確來說，茅場已經不是人類了。他以原型ＳＴＬ對自己的搖光做了超高密度掃描，結果腦部整個燒焦而死……但是其精神卻以數碼的形式隱藏在網路空間的某處。結衣似乎經常在搜尋他的存在，但卻表示只是偶爾能發現些許痕跡。

Unital ring事件是茅場的備份所引起的嗎？就算是這樣，他的目的究竟是什麼呢……？

再次因為在上午的課程中已經思考過許多遍的問題而進入死胡同，我只能用力閉上眼睛。這時才想起右手依然拿著眼藥水，正當我準備把臉往上抬時——

「我幫你點吧。」

從桌子前面傳來這樣的聲音，依然閉著眼睛的我就半反射性地伸出右手。

「噢……抱歉，拜託了。」

有人一瞬間觸碰到我的指尖把容器拿了過去。右邊眼瞼隨即被用力往上抬，從眼前的滴嘴落下一滴透明液體。接著就是左眼。

再次因為強烈的刺激閉上眼睛，同時突然想到。

是誰幫我點眼藥水？絕對是在哪裡聽過的聲音，但不是莉茲貝特也不是西莉卡或者亞絲娜，當然更不可能是不在這間學校的直葉或者詩乃。這時候刺激感終於變淡，我就睜開雙眼，以變清晰的視界捕捉該名人物。

那是一名嬌小的女學生。身上的黑色水手服並非這件學校的制服，另外還加了一件卡其色連帽外套。扁平的短鮑伯頭髮型可以看出頭髮已經有些褪色。臉孔給我一種……似曾相識的不確定感……

「那個……妳是哪位……？」

畏畏縮縮地這麼問完，女學生就像很無奈般聳了聳肩。

「什麼嘛，太過分嘍。虧我還特地轉學過來，你已經忘了姊姊了嗎？」

那是語尾帶著濃濃鼻音的特殊聲響。

等等。等一下、等一下。

「咦，等等，但是…………」

我忍不住半抬起腰部，眼前的女孩子把連帽外套的兜帽戴上去後，就用指尖在右頰畫出三條線。

「啊……啊啊啊啊啊！」

終於領悟眼前是什麼人的瞬間，我便忍不住發出怪聲。教室內一瞬間靜了下來，雖然感覺其他學生的視線都放在我身上，但已經顧不了那麼多了。

「亞……亞魯戈……？為什麼……怎麼會……？」

沒辦法說出「妳還活著嗎！」的我只能不停開合著嘴巴。咧嘴一笑之後，在過去的舊艾恩葛朗特暗地裡活躍的超強情報販子「老鼠亞魯戈」就開口這麼說：

「好久不見啦，桐仔。」

（待續）

後記

謝謝大家閱讀Sword Art Online刀劍神域第21集〈Unital ring I〉！

在上一集的〈Moon cradle〉裡把網路時代的遺產全部消化完畢了，所以ＳＡＯ這個故事從本集開始終於將進入對各位讀者以及對我來說都是未知的領域。嚴格說起來，〈Progressive〉也算是新的故事，但那算是過去篇。也就是說ＳＡＯ的網路連載結束後隔了十年，作品內的時間終於往前推進了。Unital ring篇是從二〇二六年的九月二十七日開始，是Alicization篇結束後大約一個月左右。三天後亞絲娜就要滿十九歲，然後再過一個星期桐人就要滿十八歲，想到攻略艾恩葛朗特第一層時兩個人都還是國中生，就再次有種「時間過得真快……」的感覺。

這次是隔了十年的完全新作，算是本集關鍵字的「統一（unification）」是在妖精之舞篇讓「The seed」這個設定登場時就已經預定的發展。統一後的遊戲世界以及其系統也有初步模糊的概念（重視生產與不進食就會死亡等），這十年裡出現了開放世界生存遊戲這個遊戲種類，於是就試著加入用語。我目前還沒有機會玩這類型的遊戲，等本書的作業結束之後，會選擇一款來玩玩看。

話說回來，今年認真玩的遊戲好像就只有奪命凶彈而已……

內容的部分也算是回歸原點，將會是桐人他們慢慢摸索來攻略遊戲的故事。由於最後有兩名可疑的角色登場，所以下一集準備更加深入探討遊戲世界。這一集裡只有名字出現的菊岡、艾基爾，甚至連名字都沒出現的克萊因也會有活躍的場景……大概啦……！

原本打算來說一點作者的近況……但是長期就只有工作的我實在沒有什麼好寫（哭）。但是Alicization的動畫終於開始播放，每週都能確實地幫我補充滿滿的動力。預定會是四期的長期旅程，希望大家能夠陪我們到最後！

因為事隔十年的新故事所造成的壓力，讓本書的進行變成有史以來最驚悚的體驗，給責任編輯三木先生、安達先生、校閱人員和印刷廠添了許多麻煩。連累ａｂｅｃ老師也得在超級嚴苛的日程之下進行作業，真的很抱歉。將來一定會在物質上補償各位！那麼各位讀者，下一集也請多多指教了！

二〇一八年十月某日　川原　礫

加速世界 1~23 待續

Kadokawa Fantastic Novels

作者：川原 礫　插畫：HIMA

「……今晚，可以跟我一起過嗎？」
黑雪公主出生的「祕密」終於揭曉!?

春雪等人揭開白之團的真面目，但付出了重大的代價。黑雪公主與四王陷入了無限EK狀態。為了救出軍團長，春雪等人籌畫討伐最凶惡的公敵「太陽神印堤」。另一方面，自身陷入的死亡圈套，及與Orchid Oracle的不期而遇，都在黑雪公主心中留下了陰影……

各 **NT$180~240/HK$50~68**

86—不存在的戰區— 1~5 待續

作者：安里アサト　插畫：しらび

那是對生命的侮辱，抑或對死亡的褻瀆？
潛藏於雪山的怪物們，笑著向他們問道。

辛聽到了疑似「軍團」開發者瑟琳的呼喚。蕾娜等「第86機動打擊群」揮軍前往白色斥候型的目擊地點「羅亞·葛雷基亞聯合王國」，然而他們在「聯合王國」執行的反「軍團」戰略實在超乎常軌，就連「八六」成員都不禁心生戰慄——

各 **NT$220~260/HK$68~87**

乃木坂明日夏的祕密 1 待續

Kadokawa Fantastic Novels

作者：五十嵐雄策　插畫：しゃあ

那個「春香」的女兒接棒！
下個世代的祕密愛情喜劇再上演!!

我的同班同學乃木坂明日夏是學園頂尖偶像。由於是動漫研究會的社員，她也精通秋葉原系方面的知識，不過她其實有個祕密。想要與人稱「白銀星屑」，自小仰慕的姊姊看齊，「偽秋葉原系」的明日夏，和我這名「輕度愛好者」一同展開充滿祕密的日子——

NT$250/HK$83

國家圖書館出版品預行編目(CIP)資料

Sword Art Online刀劍神域. 21, Unital ring I / 川原礫作 ; 周庭旭譯. -- 初版. -- 臺北市 : 臺灣角川, 2019.09-
冊 ; 公分
譯自 : ソードアート・オンライン. 21, ユナイタル・リング I
ISBN 978-957-743-216-2(第1冊 : 平裝)

861.57 10801144

Kadokawa
Fantastic
Novels

Sword Art Online刀劍神域 21
Unital ring Ⅰ

（原著名：ソードアート・オンライン21 ユナイタル・リング Ⅰ）

2019年9月5日 初版第1刷發行
2021年8月23日 初版第2刷發行

作　　者：川原 礫
插　　畫：abec
日版設計：BEE-PEE
譯　　者：周庭旭
發 行 人：岩崎剛人
總 編 輯：蔡佩芬
主　　編：朱哲成
美術設計：李思穎
印　　務：李明修（主任）、張加恩（主任）、張凱棋

發 行 所：台灣角川股份有限公司
地　　址：104台北市中山區松江路223號3樓
電　　話：（02）2515-3000
傳　　真：（02）2515-0033
網　　址：www.kadokawa.com.tw
劃撥帳戶：台灣角川股份有限公司
劃撥帳號：19487412
法律顧問：有澤法律事務所
製　　版：尚騰印刷事業有限公司
ISBN：978-957-743-216-2